15,90 €
3,-

LA CAISSIÈRE

DU MÊME AUTEUR AUX ÉDITIONS DE LA DIFFÉRENCE

Un zeste de zen, essai (publié tout d'abord sous le titre *Forêts du zen,* chez Mame, en 1974), 2ᵉ éd. 1984, 3ᵉ éd. 1990. Épuisé.
Vivant ou mort, poèmes, 1979. Épuisé.
Wagon-foudre, poèmes, 1984.
Le Peu de réalité, 1. La Forêt sans arbre, roman, 1984, 2ᵉ éd. revue et augmentée, 2000.
Pomar-peintures, essai, coll. L'Autre musée, 1989.
Pomar, monographie, coll. Mains et merveilles, 1991. Épuisé.
Joan Mitchell, monographie, coll. Mains et merveilles, 1992, 2ᵉ éd. 1999. Épuisé.
Isabelle Waldberg, monographie, coll. Mains et merveilles, 1992.
La Boîte verte, roman, 1995.
Corneille, le peintre et ses chats, essai, 1996. Épuisé.
Le Peu de réalité, II. La Veste de fer, roman, 2000.
Mort d'un chien, roman, 2000.
Jean-Baptiste Sécheret, essai, 2000.
Gurdjieff, essai, coll. Les essais, 2001 (première éd., Seghers, 1973, 2ᵉ éd. Robert Laffont, 1978.)

CHEZ D'AUTRES ÉDITEURS

Sam Francis, essai, Francis Delille, 1986. Épuisé.
Parures d'histoire, peaux de bison peintes des Indiens d'Amérique du Nord, ouvrage collectif, coédition Réunion des Musées nationaux et Smithsonian Institution, 1993.
Riopelle, catalogue raisonné, ouvrage collectif, tome I, Hibou éditeurs, 1999.

Ce roman a bénéficié d'une aide à l'écriture du Centre National du Livre.
© ELA La Différence, 47, rue de la Villette, 75019 Paris, 2001.

MICHEL WALDBERG
LA CAISSIÈRE

roman

2ᵉ édition

Littérature
ÉDITIONS DE LA DIFFÉRENCE

À la mémoire de Gherasim Luca,
Héros-limite, *suicidé de la société.*

Je n'ai d'argent qu'en mes cheveux.

Charles Cros

I

« Tu devrais venir, comme je l'ai fait moi-même, habiter à Saint-Denis », disait Soltern à Emmanuel. Ils étaient assis dans le demi-jour d'un pub irlandais de quelque ampleur, à l'angle de la rue d'Alger et de la rue du Mont-Thabor. Ils s'étaient donné rendez-vous dans une galerie de la rue d'Alger, où Emmanuel avait ses entrées, puis, déçus de l'accrochage qu'ils y avaient vu, s'étaient repliés vers le pub où ils étaient maintenant enveloppés d'ombre bleue. Ils aimaient tous deux cette rue, qui s'ouvre en chantepleure sur les Tuileries, s'évase contre le ciel, ce jour-là bousculé, d'Île-de-France. Les nuages y roulaient des mécaniques comme dans un tableau de Marquet.

Ils étaient assis face à face dans le demi-jour du pub, cet après-midi-là désert, déserté ; et ils buvaient des pintes de Guinness à la mousse épaisse, laiteuse, presque coagulée, dont il fallait affronter l'amer délice avant d'absorber l'obscur et frémissant breuvage que constituait cette bière. Le rituel de l'absorption était si plaisamment opératif qu'ils le renouvelèrent plusieurs fois, tout en causant.

Emmanuel habitait encore à la campagne, d'où il envisageait de se soustraire, tant il était fatigué des petits hommes roux, à tête penchée, qui formaient son voisinage et dont les femmes, en tabliers à fleurs, le regardaient obliquement de leurs yeux rétrécis, lorsqu'il passait.

« Tu devrais venir habiter à Saint-Denis », lui répétait en ce moment Soltern. « Il y a là tout ce que tu peux espérer : une basilique, et non des moindres, un marché des plus anciens, de belles demeures, des ruines, un théâtre, un musée ; de quoi, déjà, faire le plein de rêves ! Mais Saint-Denis reste, malgré ses atours, une ville protéiforme, un tissu de contradictions – de celles que tu te plais tant à éprouver, comme en ce moment dans ta campagne, où tu vis une vie d'ermite marié, père de famille, solitaire mais constamment épié. Toi qui exaltes New York et ses ambiguïtés, tu vas être servi. Saint-Denis est un Bronx en miniature. Turcs, Africains, Chinois, Pakistanais, Arabes, Kabyles et *tutti quanti* s'y disputent le droit de vivre ou de survivre sous le regard plus ou moins favorable de l'ancienne population ouvrière ou, plus récemment, petite-bourgeoise. Ô, quel athanor, quel fourneau ! Tu t'enquiquineras moins que dans les quartiers chic, ou même copurchic, de Paris. Cela dit, je dois t'avertir : à huit heures c'est le couvre-feu. Il n'y a plus qu'un ou deux bistrots et de rares restaurants ouverts. La ville meurt, la ville est morte. Mais tu ne sors plus guère le soir, ou alors à Paris même. À l'endroit où j'habite, sur un boulevard, à part le tramway qui passe et des voitures glissant dans la nuit, le silence se fait. Ces raclements de roues, ces froissements de pneus ponctuent la méditation. En plus, la vie est beaucoup moins chère à Saint-Denis qu'à Paris. C'est une ville de pauvres, de fauchés. On y consomme beaucoup – Dieu sait comme ! – mais à petits prix. Ça nous arrange, nous autres, littérateurs ! Et puis, tu y dégotteras sans peine un appartement à louer, sans te ruiner pour autant. Moi-même, je n'ai pas eu trop de mal à trouver le mien. »

Et il est vrai que Soltern occupait un appartement de quatre pièces recru de lumière, où il avait installé son « laboratoire » – ainsi appelait-il son bureau, d'où il pouvait contempler un arrangement piranésien de façades entremêlées, de poutrelles et de cheminées.

Emmanuel tirait sur une cigarette dont la fumée torsadée s'exhalait de sa bouche pareille à un génie sorti d'une lampe avant de prendre corps. Il songeait. Soltern a peut-être raison. Je suis las des platitudes des champs comme je le suis de celles des écrivains. Il est temps que je me réaffronte au tumulte et à la verticalité.

La rue en ce moment laissait filtrer par les petits carreaux du pub sa rumeur. Elle était douce, apaisante même, entre les fureurs de la rue de Rivoli et le chambard de la rue Saint-Honoré. Emmanuel aimait ce quartier où il avait autrefois habité, et dont aujourd'hui il se rappelait mélancoliquement les mystères. Il n'y avait rien de tel que de s'accouder à une table de bois devant une pinte de Guinness et face à un ami très cher, dans l'ombre s'épaississant d'un confortable bar, en fumant des cigarettes et en rêvant.

« Tu n'es pas très bavard », lui disait Soltern, qui lui aussi réduisait en cendres le cylindre d'une Gauloise. À quoi Emmanuel lui répondait, riant de son rire adamantin : « Celui qui sait ne parle pas, celui qui parle ne sait pas, et je ne sais qu'une chose, c'est que je ne sais rien. – N'esquive pas ma parole, lui répondait Soltern, et dis-moi ce que tu comptes faire. – Ficher le camp, ça va de soi ! » lui dit Emmanuel en retour. « Mais ça ne va pas être simple. Il faudra vendre la maison, chercher un lieu sinon une formule, déménager. J'envisage des sommes d'emmerdements, des quintessences de chierie. L'ordinaire, en somme. Ce à quoi nous avons toujours été soumis, voyageurs autrefois nus mais aujourd'hui alourdis de trop de bagages et de chimères. Pourtant, je ne déteste pas l'idée de couper court à la routine, de "lâcher tout", de me mettre en danger. Attention, travaux ! Joie énorme comme les couilles d'Hercule ! La joie n'est autre que le passage d'une moindre à une plus haute perfection. Spinoza *dixit*. J'en ai marre, assurément, des rancœurs et des rancœurs de la province. Supérieurement idiote, j'en conviens. Je vais donc, avec la lenteur caractéristique de l'aï ou de l'unau, obéir à tes objurgations, boucler mes valises et te rejoindre, dès que le lacet des contraintes sera défait. Compte sur moi, camarade ! Nous écarterons les rideaux, pour que les visions paraissent, comme en ce moment ! »

Le café, toujours désert en cette heure creuse comme une huître, lui apparaissait pareil à une calanque, à une grotte sous-marine, de celles qu'il avait imaginées enfant, pour y trouver refuge, s'y abandonner aux bizarreries de son imagination. Lui aussi, déjà, préférait alors les monstres de sa fantaisie à la trivialité positive.

« Si nous allions faire quelques pas, proposait Soltern, et si nous changions de crémerie. La façade austère de Saint-Roch s'offre à nos regards à quelques pas d'ici. Nous pourrions ensuite glisser nos pas entre les parois abruptes de la rue de la Sourdière. »

Dehors, la rue vacillait sous l'alternance renouvelée de nuages et de ciel pur que lui infligeait le ciel. Le pas des deux amis semblait incertain tandis qu'ils se dirigeaient vers l'église, où des hommes de pierre, juchés aux contreportes, les regardèrent passer. Rue de la Sourdière, Emmanuel évoqua le vieux et modeste restaurant chinois où il lui était arrivé d'aller manger des nouilles, et qui avait aujourd'hui disparu.

Leur déambulation – rectiligne pourtant – les conduisit avenue de l'Opéra, à l'angle de la rue Danielle-Casanova, où ils ne manquèrent pas de boire un ultime verre et de manger quelques saucisses grillées au feu de bois à la *Brasserie munichoise*. Puis, reprenant leur marche, ils se dirigèrent vers l'Opéra, dont la place, nouvelle hydre, vomissait un flot de voitures et où la bouche d'ombre du métro les avala.

II

Emmanuel ne s'était pas fait prier pour obéir aux adjurations de Soltern. Il habitait maintenant à Saint-Denis, rue du Jambon, au dernier étage d'un immeuble ancien à façade nue, crépie de beige, un appartement dont il avait abattu plusieurs cloisons et où il s'était aménagé un espace de trois pièces dont la principale servait d'atelier, de réfectoire et de salon, les deux autres étant réservées, l'une au labeur, l'autre au coucher.

Les fenêtres de l'appartement donnaient sur une cour plantée d'arbres, attenante à une demeure rococo, en brique rouge et pierre blanche, servant de siège à une association. Lorsqu'Emmanuel sortait de chez lui, il se trouvait face à un mur de plâtre, gris de la poussière des villes, où apparaissait, profondément creusé au couteau, un graffiti : une faucille et un marteau croisés, soulignés d'un MERDE ! vindicatif.

Autour, il y avait d'autres empreintes, plus légères et difficilement lisibles, parmi lesquelles on devinait une insulte ou un prénom. Emmanuel ne se lassait pas d'examiner cet épisode d'art brut.

Il se contemplait en ce moment dans le haut miroir encadré d'or qui l'avait accompagné dans tous ses déménagements, et dont la glace ternie, piquetée, lui renvoyait une image imprécise et rongée. Il s'y découvrait tel qu'en lui-même il n'avait guère changé : un peu plus de cheveux blancs, de rides, une légère froissure au menton, mais le regard intense et la silhouette inchangée. Il avait renoncé aux coquetteries d'autrefois, ne se vêtait plus que d'un costume gris sur une chemise noire, chaussettes noires et mocassins noirs aux pieds. Son nez fort s'était encore bossué, ses pommettes saillantes parcheminées ; l'ourlet de ses hautes oreilles avait rougi. « Je suis encore assez présentable », se disait-il, bien qu'il se sentît intérieurement de plus en plus érodé.

Laissant la chambre où était le miroir, il alla s'asseoir dans l'atelier, sur un fauteuil de toile écrue. Il songea. Ses derniers livres, malgré un succès d'estime, ne s'étaient pas vendus. Trop littéraires, lui avait-on dit. Trop précieux. Si l'ambition de la littérature était de ne pas être littéraire, et si toute élégance devait passer pour de la préciosité, à quoi bon persister ? se disait-il. Il était moins amer que désenchanté ; l'argent n'arrivait pas ; Irénée Sfolz lui-même, son éditeur, bataillait pour maintenir en vie les Éditions du Crâne ; il ne se résoudrait pas à écrire une bluette pour se faire un peu de blé, voire au moins d'escourgeon ; il était fatigué des travaux mercenaires ; il était saisi, pétrifié même par l'impuissance où il était de réagir. « Il faut se secouer les puces ! » dit-il à mi-voix pour conclure cette rumination.

Il attendait le retour de sa femme, Juana, partie faire des courses. Elle non plus n'avait pas beaucoup changé :

Je me console à vous voir,
À vous étreindre ce soir,
Amie éclatante et brune.

Il se récita ces vers. Et certes la beauté de Juana pouvait se comparer à celle des femmes qu'aima Charles Cros.

Juana rentra encombrée de sacs. De fines perles de sueur l'embellissaient encore. Rosée à pattes de chat. Après avoir serré les provisions dans des placards et le frigorifique blanc de la cuisine, Juana s'en vint rejoindre Emmanuel dans l'atelier. Assise dans le canapé, elle tourna vers lui son visage et lui dit : « Ça n'a pas l'air d'aller fort, Bovary ! » Elle lui avait donné ce sobriquet par apocope d'Emmanuel, *Emma*, et l'enchaînement nécessaire de cette apocope à *Bovary*.

« Je broie du noir, en effet, lui repartit Emmanuel. Il n'y a pas de quoi se réjouir. La pfuinance (ainsi, jarryquement, déformait-il le mot), la pfuinance est à son plus bas étiage. On a presque tout vendu des rares tableaux que nous avions et qui valaient quelque chose. L'argent de la maison n'a servi qu'à payer mes dettes. Il ne nous reste rien, ou presque, et il n'y a pour moi pas plus d'horizon que dans la blancheur où se consume Arthur Gordon Pym de Nantucket. *Tekili-li !* devrais-je crier, comme les naturels épouvantés de Tsalal ! »

Juana, pensive, détourna les yeux, rêvant, puis, dirigeant à nouveau son regard sur Emmanuel, lui dit : « Ne t'inquiète pas, Bovary. Je vais me mettre au travail. » Non que jusqu'alors elle se fût satisfaite du rôle baudelairien de la muse et de la madone : elle peignait, et tout un coin de l'atelier, encombré du matériel hétéroclite, mais raisonné, de la peinture, lui appartenait. « Je vais chercher du travail », insista-telle en lisant la dubitation sur le visage d'Emmanuel.

Dès lors, ce fut l'habituel parcours, le *steeple-chase* de l'emploi. Juana se vit franchir les haies, les murs, les fossés de l'A.N.P.E, où d'aimables gorgones lui signifièrent son insignifiance : elle n'avait aucun diplôme, et ne pouvait donc impétrer que les plus misérables des gagne-pain – ceux qui ne nécessitaient aucune qualification, et pour lesquels on ne vous engageait que sur votre bonne mine.

En consultant les annonces « libres » épinglées sur de vastes tableaux dans les bureaux mortifères de l'agence, elle se trouva, d'abord, si l'on peut dire, une « place » dans une famille où elle était chargée des basses besognes de la maison, qu'elle devait accomplir tout en gardant, la journée entière, un enfant en bas âge, une fillette, et le soir, après l'école, où elle allait le chercher, son frère, un peu plus âgé. Il fallait alors, contre leur gré, baigner les enfants, puis les amuser. Après quoi, exténuée par dix heures de turbin, Juana se retapait une heure de métro pour rentrer.

Les parents s'imaginaient racheter leur absence en couvrant de cadeaux leur progéniture. C'était, dans le médiocre appartement, supposé luxueux, qu'ils occupaient dans une banlieue chic, un entassement de joujoux sans morale et d'appareillages ludiquement superflus. Lui tenait boutique quelque part ; elle était chef de bureau dans une banque.

Cet esclavage, payé au S.M.I.C, ne fut consenti par Juana que durant quelques mois. Elle craqua. Elle n'avait ni la force, ni l'indifférence des Africaines soumises à la même fortune, et qu'elle rencontrait au square où il lui était enjoint d'aller promener la fillette. Ces matrones – charmantes au demeurant – n'avaient jamais connu autre chose que leur asservissement ; mais elles étaient libres dans leur âme et cette liberté s'exprimait dans l'inentravement de leur démarche et de leurs rires. Juana, plus fragile, ne pouvait pas ne pas les jalouser.

Cependant Emmanuel écrivait un livre. Depuis qu'après la naissance de sa deuxième fille, Justine – elle avait aujourd'hui vingt ans – il était parti vivre en province, s'il publiait toujours ses ouvrages aux Éditions du Crâne, il y avait abandonné toute fonction. À Melun, où il avait loué un appartement, puis dans la campagne avoisinante, acheté une modeste maison, il avait vécu de traductions, de travaux lexicographiques, et autres besognes ingrates.

Il avait récemment publié son quatrième roman, qui, malgré une presse élogieuse, n'avait guère eu de succès, de sorte que ses droits d'auteur furent soudain réduits à une portion des plus congrues. Le livre s'intitulait *Le Bref Ongle du pouce*, et s'articulait autour de la figure d'un peintre, en proie au doute et victime, par son refus d'y obtempérer, du mercantilisme régnant. Son héros s'en tirait par la ruse, les « habiles stratagèmes » qui lui avaient permis de passer outre l'ostracisme des prédicateurs d'un art présumé moderne mais sombré dans le maniérisme, le trucage et la répétition, et de rassembler autour de lui une petite troupe d'amateurs qui le soutenaient et lui permettaient de vivre. Le livre décrivait aussi la vulgarité, la corruption des milieux de l'art, opposait deux mondes inconciliables : celui de la rigueur, de la patience et de l'idéal à celui de la facilité, du carriérisme et de l'argent. La chose n'avait qu'à moitié plu. On reprochait à Emmanuel sa misanthropie, on l'accusait d'être aveugle aux éblouissantes lumières du postmodernisme triomphant.

« Je suis pré-postmoderne », répondait-il narquoisement à qui lui enjoignait de « se situer ». Son personnage représentait assez bien sa perception propre, visionnaire plutôt que conceptuelle, ce qui l'apparentait à Giacometti, qui opposait « penser en vision » à « penser en concept ». Et Emmanuel avait reproduit, dans son roman, une note de Giacometti qu'il affectionnait : « Recommencer le travail absolument indépendant sans le moindre contrôle, liberté complète, et uniquement ce qui m'attire, ce qui me plaît dans tous les domaines. Liberté. »

Liberté, c'était le mot. Liberté dans le connu et liberté hors du connu. Mais, sans discussion : *Liberté couleur d'homme.*

III

Retour à l'A.N.P.E. Juana y déchiffre à nouveau les annonces « libres ». Quoi faire ? Elle ne gardera plus jamais d'enfant. Trop dur. Il faut que le cœur s'y brise ou s'y bronze – alternative impossible. Une foule de petites gens se presse autour des panneaux. Il y a pléthore de femmes, de pauvres femmes prêtes au servage. Elles sont jeunes, pour la plupart, et sans diplôme, comme Juana. Mais ce qui, chez Juana, procède, a procédé du refus de toute autorité, s'est inscrit dans la tradition anarchiste et révolutionnaire de la lignée familiale (son père, Espagnol, a guerroyé jadis contre Franco), est par les autres subi, faute d'un lieu et d'une formule. Il y a, parmi elles, beaucoup d'Antillaises, d'Africaines, d'Arabes, de Vietnamiennes, de Pakistanaises, au sang mêlé ou non, toutes au demeurant françaises mais exclues du creuset où on leur demande pourtant de fondre leur identité. Jamais ou presque aucune autre porte n'ouvre devant elles ses battants.

« Ouvrière ne puis, vendeuse ne sais : il ne me reste que *caissière* », se disait ironiquement Juana, plantée devant des panneaux où s'écornaient, sous un néon sépulcral, les affichettes. Elle songeait, perdue parmi les errants des couloirs, au « bain de multitude », à la « ribote de vitalité » que Baudelaire évoque dans « Les Foules ».

Elle fut attirée par une annonce où les établissements Leclerc offraient, mot mal choisi, des emplois de caissière dans le département. Le lieu du sacrifice était un hyper ou un supermarché (ainsi dénomme-t-on disgracieusement les magasins de grande surface), sis dans la commune d'Épinay, et où venait se servir en s'asservissant le voisinage hétéroclite des banlieues.

Elle s'était présentée aux « cheffes » à qui incombait l'engagement des caissières et la distribution des postes. Sa candidature avait été retenue, parmi quelques autres. On avait initié les nouvelles recrues (et qui allaient l'être définitivement au bout du compte) à la manipulation des caisses. Mais cette initiation avait été faite à la va-vite, de sorte que Juana n'y avait à peu près rien compris et que, durant les premiers jours de son service, elle n'avait cessé de se faire « gronder » (car une des règles de la grande distribution est d'infantiliser le personnel), soit qu'elle se trompât dans les procédures, soit que dans le doute elle se tournât vers l'ordonnatrice des claviers, maritorne qui pestait invariablement qu'on la dérangeât.

Les caissières des établissements Leclerc portaient une blouse à carreaux rouge et noir sur une jupe ou un pantalon que la direction exigeait noirs, ainsi que les chaussures, recommandées « classiques » et donc excluant toute fantaisie.

On se serait donc cru dans un pensionnat. Mêmes règlements comminatoires. Même exercice imbécile de l'autorité. Même étouffement. À ceci près qu'ici il n'y avait pas de récréation, de temps gratuit pour oublier les humiliations et les contraintes.

L'unique pause de la journée se calculait sur la base de deux minutes par heure de présence ; de sorte que pour un séjour de sept heures à la caisse, la caissière ne disposait que de quatorze minutes de repos. De quoi se refaire une santé, que l'on voudrait orthographier avec un S majuscule.

Toute une littérature était distribuée aux caissières, qui, après l'avoir lue, dégustée même, n'avaient qu'à bien se tenir. C'est qu'on ne plaisante pas, chez Leclerc ou ailleurs, avec les réquisitions de la hiérarchie. « *Tout manquement aux procédures citées fera l'objet de sanctions.* »

Juana, de retour de sa première journée de travail, offrit à Emmanuel, qui avait, lui, peiné sur son livre, le fuligineux poème intitulé « Fiche de tâches caissières », où le circonflexe de *tâche* n'apparaissait pas, de telle façon que l'on pouvait lire « Fiche de taches caissières », ce qui pouvait bien résumer l'estime où l'on tenait celles-ci.

IV

Emmanuel déploya l'éventail des feuilles qu'il se prit à lire avec un sentiment mêlé de révolte et de fascination. Il avait plusieurs fois observé, par les « étranges lucarnes » de la télévision, ces parangons du patronat chrétien que voulaient être Édouard Leclerc, le fondateur des établissements qui arboraient son nom, et son fils Michel-Édouard, incessamment larmoyant, devant les caméras et les micros, qu'ils étaient au service des consommateurs, des « humbles », que leur *management* confinait à la philanthropie, oubliant de signifier les coercitions qu'ils exerçaient à l'égard des fournisseurs, contraints de tirer les prix, et la qualité donc, vers le bas, et l'organisation carcérale de leurs magasins. L'exploitation éhontée des femmes, le recours systématique au travail précaire, la « flexibilité », nouveau nom du « droit divin » étaient quelques-uns des outils par lesquels nos « bons apôtres » faisaient fructifier leur généreux empire, tout en diffusant leur incommensurable enseignement.

Emmanuel interrompit là ses pensées, lut l'apostolique poème :

FICHE TACHES CAISSIÈRES

A/ TENUE ET DISCIPLINE-DISPOSITIONS GÉNÉRALES

1/ Respect du règlement intérieur

- La caissière doit être présente dans une tenue correcte à la caisse centrale à l'heure fixée pour le début de son travail.
- Le port de la tenue est obligatoire.
- Le pointage s'effectue en tenue de travail.
- La caissière ne doit ni manger ni fumer à son poste de travail.
- Elle doit éviter de converser avec les autres caissières, interdiction en cours de débit.
- Les communications téléphoniques personnelles ne seront pas transmises, sauf cas graves.

- Afin d'éviter tout malentendu, les caissières ne doivent pas, pendant leur temps de travail, avoir d'argent sur elles. Elles ne doivent en aucun cas faire passer un membre de leur famille à leur caisse et doivent éviter de faire passer les amis.

2/ Les achats du personnel

- L'ensemble du personnel quel qu'il soit, doit obligatoirement, lorsqu'il effectue ses achats, passer aux caisses en prenant la file client.
- De plus, il est interdit de faire des achats pendant son temps de travail. Les achats effectués avant ou après le temps de travail ne pourront être stockés ni sur la surface de vente, ni à l'accueil, ni dans les vestiaires.

3/ Tâches annexes

- Si vous êtes désignées pour effectuer des tâches annexes : marquage, remplissage des rayons…, faites-le consciencieusement.

PRISE DE VACATION LE MATIN

AVANT OUVERTURE DES PORTES DU MAGASIN, VOUS DEVEZ ÊTRE INSTALLÉE À VOTRE CAISSE ET PRÊTE À ACCUEILLIR VOTRE PREMIER CLIENT.

Il est donc impératif de :

- vous rendre rapidement à votre caisse,
- répartir la monnaie dans le tiroir,
- initialiser vos documents de caisse,
- indiquer votre nom,
- indiquer la date du jour,
- préciser votre code caissière,
- préciser votre numéro de caisse,
- ouvrir les portillons et allumer le mat,
- accueillir par le S.B.A.M. (sourire, bonjour, au revoir, merci) vos clients.

DANS VOTRE INTÉRÊT, VOUS DEVEZ, AVANT DE COMMENCER VOTRE TRAVAIL, VÉRIFIER QUE RIEN NE SE TROUVE SOUS VOTRE CAISSE.
À L'OUVERTURE DU MAGASIN VOTRE CAISSE DOIT ÊTRE PROPRE ET DÉBARRASSÉE DE TOUT ACCESSOIRE SUPERFLU.

PRISE DE VACATION L'APRÈS-MIDI

IL EST INDISPENSABLE D'ARRIVER À L'HEURE

- suivre les mêmes procédures que les arrivées du matin,
- vous rendre immédiatement à la caisse qui vous a été attribuée,
- attendre que la caissière que vous remplacez, ait totalement fermé sa caisse,
- placer votre tiroir-caisse dans son logement,
- ouvrir la caisse (code caissière/code secret – touche ouvert-fermé),
- vérifier que la caissière précédente a bien enlevé ses poubelles,
- accueillir les clients par le S.B.A.M.

CHANGEMENT D'ÉQUIPE

Le changement d'équipe ne doit en aucun cas créer une gêne et faire subir à notre clientèle une attente en caisse.

Par conséquent, les relèves doivent s'effectuer de la façon suivante :

- s'assurer d'avoir une remplaçante,

- le panneau lumineux doit indiquer « CAISSE OUVERTE »,
- si la remplaçante n'est pas présente, avant de quitter son poste, avertir une caissière principale qui prendra les dispositions nécessaires,
- les prélèvements de fin de vacation doivent se faire sur une caisse inoccupée.

CONSIGNES PARTICULIÈRES CONCERNANT LE PASSAGE À LA CAISSE

- Le client ne doit ni entrer, ni sortir par les caisses sans marchandises. L'orienter vers les portillons de sortie.
- Ne pas passer à votre caisse une personne de votre famille ou une personne avec qui vous êtes liés (amis de l'extérieur…)
- Lorsqu'un client n'a pas pesé ses fruits et légumes, lui demander aimablement d'aller le faire.
- IL EST INTERDIT DE FAIRE DE LA MONNAIE AU CLIENT, le diriger vers l'accueil.
- LE PERSONNEL DE L'ENTREPRISE N'EST PAS PRIORITAIRE DEVANT LES CLIENTS. IL SE DOIT D'ATTENDRE COMME CES DERNIERS.
- LE PERSONNEL DOIT PASSER OBLIGATOIREMENT AUX CAISSES QUI SERONT DÉSIGNÉES POUR LE PERSONNEL.

IL EST FORMELLEMENT INTERDIT DE DÉROGER À CETTE PROCÉDURE.

À VOTRE POSTE DE TRAVAIL

- IL EST INTERDIT DE DEMANDER DE LA MONNAIE À SES COLLÈGUES.
- IL EST INTERDIT D'AVOIR DE L'ARGENT SUR SOI.
- NE PAS DISCUTER AVEC SES COLLÈGUES.
- Éviter tout comportement ou propos désagréables susceptibles de nuire à l'image de marque de la société, n'oubliez jamais que vous représentez l'image de cette SOCIETÉ.
- LE POSTE DE CAISSE N'ÉTANT PAS UN GARDE-MANGER, NE PAS Y ENTREPOSER BONBONS, BOISSONS, ETC.
EN CONSÉQUENCE IL EST FORMELLEMENT INTERDIT DE MANGER OU DE BOIRE EN CAISSE.
- IL EST INTERDIT DE LAISSER STATIONNER DERRIÈRE VOTRE CAISSE PARENTS OU AMIS, OU AUTRES CONNAISSANCES.
- IL N'EST PAS NON PLUS ADMIS DE DISCUTER AVEC QUI QUE CE SOIT PENDANT VOTRE TRAVAIL (employé du magasin).

VOUS AVEZ CHOISI LE MÉTIER DE CAISSIÈRE

Vous êtes la dernière personne que le client rencontre dans le magasin et la représentante de notre image de marque.

VOUS DEVEZ AU CLIENT
- POLITESSE ET SOURIRE.
- AMABILITÉ.
- D'ÊTRE À SON ÉCOUTE.
- DE RÉPONDRE À SES QUESTIONS ET DE L'ORIENTER LE CAS ÉCHÉANT VERS D'AUTRES PERSONNES PLUS COMPÉTENTES.
- D'ÊTRE DISPONIBLE ENVERS LUI.
- NETTETÉ ET PROPRETÉ À VOTRE POSTE DE TRAVAIL.

VOTRE POSTE DE TRAVAIL

La compétence dans votre métier sécurisera le client, à savoir :

- SAISIE DES ARTICLES.
- VENTILATION DANS LES CODES CORRESPONDANTS.
- CLARTÉ, RIGUEUR ET PRÉCISION DANS LES MOYENS DE PAIEMENT.
- DYNAMISME ET DÉTERMINATION.

LA DÉMARQUE

La démarque est l'ensemble des pertes que subit le magasin.

- démarque connue : pertes comptabilisées,
- démarque inconnue : pertes non comptabilisées.

Ce type de démarque comprend les vols, les erreurs de prix, le marquage erroné, la consommation des clients et du personnel dans le magasin.

Comment lutter contre la démarque

La caissière a un rôle important à jouer pour diminuer la démarque, à savoir :

- être VIGILANTE à la manipulation des produits surtout les objets fragiles,
- prévenir le client qu'il y a un risque à empiler trop d'articles sur le check out,
- en cas d'article cassé prévenir la caissière principale qui échangera s'il y a lieu le produit.

- en cas d'article abîmé, proposé au client d'emballer le produit séparément, ou de le lui changer.

LE VOL

- Le personnel de caisse doit être attentif aux faits et gestes du client, c'est-à-dire :
- la présentation,
- l'empressement,
- les flatteries qui souvent peuvent cacher un vol ou une dissimulation.

- Le personnel de caisse ne doit pas se laisser distraire par des événements qui peuvent se passer à d'autres caisses, ni discuter avec ses collègues, pouvant ainsi donner au client l'occasion de frauder.

- NE PAS ACCEPTER DE FAIRE D'ÉCHANGE MONNAIE AVEC LE CLIENT.

SOURCES DU VOL EN CAISSE

- articles dissimulés dans les caddies,
  sous les caddies,
  au crochet des caddies,
  articles dissimulés dans les landaus,

dans les sacs à provision,
dans les caddies personnels,
dans les sacs personnels de rangement,
dans les mains des clients,
dans les mains des enfants,
dans les articles contenants, en provenance du magasin (poubelles plastiques, valises, etc.),
dans les parapluies,
sous les manteaux (posés sur le manche du caddie),
- erreurs volontaires d'étiquetage (fruits et légumes) ou pesage.

CETTE LISTE N'ÉTANT PAS EXHAUSTIVE, VOUS DEVEZ ÊTRE EXTRÊMEMENT VIGILANT.

V

« Ah, le beau morceau d'anthologie ! Honte au logis crânien, à la cervelle stultifère d'où il est sorti ! » s'exclama Emmanuel après avoir achevé ce précieux épithalame. « Te voilà mariée pour de bon, incluse au harem des pachas ! » dit-il à Juana, qui se débattait entre rire et larmes. Et, pour conjurer le sort, il alla quérir, au grand frigorifique blanc qui distribuait ses frissons dans la cuisine, une bouteille de champagne rosé, qu'ils burent cérémonieusement dans de hautes flûtes en cristal. Les verres et les yeux de Juana s'embuèrent. « Tu es la caissière la plus ruineuse que je connaisse ! » ajouta Emmanuel, ému. Mais il avait quelque peine à vivre cette schizophrénie, de participer, fût-ce par la seule intercession de Juana, à des mondes contradictoires : le sien, malgré tous ses déboires, privilégié ; celui de l'entreprise, lugubre, injuste et froid. Et il se reprochait tantôt son oisiveté, tantôt les rares plaisirs qu'il s'accordait, en compagnie de l'un ou de l'autre de ses vieux amis : Soltern, son voisin, presque son frère au bout de tant d'années d'errances parallèles ; Gustave Bornemolle, compagnon des bons et des mauvais jours, qui avait en quelque sorte renoncé à l'idéal et fait fortune dans le spleen ; tous ceux qu'il avait autrefois réunis dans son appartement de la rue Montmartre pour des fêtes étincelantes – à l'exception de tel ou tel, qui se donnait le luxe de se fâcher, sous des prétextes futiles, avec ses meilleurs amis, et poursuivait seul, dans son coin, ses ruminations théoriques.

Au groupe initial s'étaient adjointes de nouvelles têtes, de plus jeunes « chercheurs de vérité » : Joseph Bakounine, poète ami de Soltern, qui préparait un livre sur ses expériences transocéaniques (il était devenu le spécialiste incontesté du Mexique indien, dont il avait longuement absorbé la et les substances) ; Arthur Plotin, peintre, graveur, dessinateur, qui avait servi de modèle au personnage du précédent roman d'Emmanuel, et avec qui s'était établie une relation des plus précieuses – tous les deux rageant de la dépréciation à perte de vue du vrai numéraire, qui est le langage : langage-tangage avait écrit Leiris ; Mounir Abdelli, prince du désert, avec ses beaux yeux chavirés, qui entretenait dans la bière et le vin sa mélancolie (ni Soltern ni Emmanuel n'étaient, ici, en reste) et lui aussi s'adonnait au poison de la littérature, et d'une littérature ambitieuse, voire hautaine, où il évoquait, sans complaisance, les craintes et tremblements de sa jeunesse algérienne.

Emmanuel avait remarqué Plotin dans un vernissage où ils avaient sympathisé, tous deux fâchés de se trouver devant une peinture répétitive et breneuse, une épiphanie d'art informel déjà refroidie, et, devant le buffet où se précipitait la fine fleur de l'esthétisme parisien, ils avaient échangé quelques paroles qui les avaient conduits à vouloir se connaître mieux. Ils avaient troqué leurs adresses, puis Emmanuel était allé visiter le repaire de Plotin, et il avait été séduit, fasciné même, par les tableaux, les gravures, les dessins que celui-ci lui avait montrés. C'était une œuvre obsessionnelle et presque maniaque, où l'itération, loin d'être une facilité, procédait plutôt d'un art quasi harmonique de la *variation* – offrande picturale comme on eût dit offrande musicale.

Plotin était un homme de taille moyenne, aux épaules étroites serrées dans une veste de pasteur, et remarquable par un visage qui paraissait sculpté dans de l'ivoire, avec un haut front carré couronné de courts cheveux roux, un nez et une bouche empruntés à une figure de Cosmè Tura, un regard vif et versicolore. Emmanuel et lui prirent l'habitude de se voir, d'aller manger ensemble un morceau dans un bistrot quelconque, puis visiter, ici ou là, une exposition. Ils s'interrogeaient l'un l'autre sur leur travail, qui leur semblait bizarrement proche. Plotin peignait la ville telle que l'avait conçue Rimbaud : « Sur les passerelles de l'abîme et les toits des auberges l'ardeur du ciel pavoise les mâts. » Mais il peignait aussi la nature, naturante et naturée, en puissance et en acte : les arbres, les champs, les ciels, de vastes fermes languissantes, des usines désaffectées. Et il peignait enfin, dessinait, gravait des portraits, portraits tremblés de sa famille et de ses amis, comme si l'esprit lui eût dicté Ingres et la main Giacometti.

Lorsque Plotin rencontrait Emmanuel à Saint-Denis, ils se donnaient rendez-vous devant le portail central de la basilique, au tympan duquel est représenté le Jugement dernier, où le Christ ouvre ses bras de pierre au-dessus des ressuscités. Ils contemplaient les sculptures noircies par le temps, les vierges folles et les damnés, les vierges sages et les élus, tout le saint-frusquin – admirable, au demeurant – de l'iconographie ecclésiale. Puis ils allaient boire un verre, ou déjeuner, à quelques pas de là, dans un café-restaurant, *La Table ronde*, où Emmanuel avait ses habitudes, et où il arrivait à Mounir Abdelli de les rejoindre.

Mounir était beaucoup plus jeune qu'Emmanuel ou, même, que Plotin. Il avait vu le jour à Annaba, la feue Bône qui avait enfin retrouvé son vrai nom, et, tout issu qu'il était d'une famille d'ouvriers, il avait, dans la jeune Algérie indépendante, fait des études d'architecture à l'université de Constantine. C'est là qu'en 1986 avait éclaté l'un de ces orages révolutionnaires où il s'était trouvé, au seuil de l'âge d'homme, secoué ; puis il avait vécu, en 1991-1992, l'avènement et la dissolution du F.I.S. Il avait fait le coup de poing, s'était affronté aux barbus qui ne toléraient pas l'exercice de sa liberté. Il s'était fait tabasser. Des amis proches avaient succombé sous les poignards des islamistes. Outré, meurtri, désabusé, il n'avait envisagé d'autre dénouement que l'exil et il était venu achever son cursus à Paris. Mais, malgré ses diplômes, il n'avait pas réussi – ou consenti –, à part une mission de quelques années en Afrique noire, à exercer son métier, et, retour en France, il avait passé toute une année à écrire un livre où il reconsidérait, avec le recul nécessaire et la volonté d'organiser, de poétiser, même, le chaos, les événements redoutables dont il avait été l'acteur et la victime.

Emmanuel et Mounir avaient fait connaissance à *La Table ronde*, par le truchement du patron, un Kabyle qui tenait cet établissement avec le concours de ses trois frères. C'était un des rares lieux fréquentables de Saint-Denis. Mounir y avait écrit, assis dans un coin, près d'une vitre ouverte sur un square aux arbres redondants, l'essentiel de son manuscrit. Il l'avait donné à lire à Emmanuel, qui s'était brûlé à ce torrent de lave, et, séduit, l'avait passé à Irénée Sfolz, son éditeur. Le livre devait être publié quelques mois plus tard.

Les rencontres avec les amis étaient l'occasion, le prétexte à des fêtes renouvelées. Celui qui avait de l'argent payait la note. On se perdait en conversations sur l'état des choses, l'horreur de la situation, la démission généralisée, l'agonie de l'art et de la littérature. « On va nous prendre pour de vieux réacs ! observait Soltern, quand nous n'avons d'autre souci que de perpétuer le fameux *refus d'obtempérer* des surréalistes et autres définitifs réfractaires. C'est un comble, vraiment ! Ce qui était l'avant-garde, la révolution, et qui n'a pas fini d'être manifesté, passe pour l'empreinte de vieux godillots ! Qui est jamais allé jusqu'au bout des impératifs du surréalisme et, avant lui, de dada ? À de rares exceptions près, le motif des hommes aux épaules étroites se résume en un mot peu glorieux : la gloire. L'avant-garde n'est plus aujourd'hui que l'art officiel – autant dire l'art *aux ficelles.* »

Et il n'y avait plus, pour le groupe d'amis rebelles, qu'à organiser quelque forme de résistance, à magnétiser quelques pôles de sédition. Les Éditions du Crâne en étaient un, qu'Irénée Sfolz, leur directeur, maintenait en vie contre toute vraisemblance. Il avait dit un jour à Emmanuel : « Le seul risque que puisse aujourd'hui courir encore un éditeur, c'est de publier de la littérature. » Et il refusait obstinément de céder aux sirènes du succès. Non que le succès lui eût déplu – ni, au reste, à ses auteurs ; mais il fallait se rendre à l'évidence : on avait le plus grand mal à se faire entendre, comprendre, voir, écouter… Surtout, pas de vagues, était le mot d'ordre de la profession. Ne subsistaient, parcimonieusement, que de rares enseignes, exclues des agapes, et qui ne devaient leur subsistance qu'aux deux ou trois mille irréductibles jamais lassés de lire une littérature rare et rétive aux modes. Il fallait bien s'y résoudre, songeaient Emmanuel et Soltern. « Et d'ailleurs, tous les plus grands livres, tous ceux qui ont été de nature à bouleverser notre sensibilité, à créer les conditions d'un authentique renouvellement, tant des formes que des contenus, ont été des livres aux tirages des plus modestes. Ne parlons ni de Rimbaud ni de Lautréamont, auteurs quasiment posthumes. Je songe plutôt aux Grands Transparents qui ont alimenté si fortement notre rêverie et notre pensée. Rien à voir entre leurs tirages et ceux des fabricants de tous poils. J'aimerais bien, par exemple, connaître le chiffre total des ventes de *L'Antitête* de Tzara ou des *Vases communicants* de Breton. Ne parlons pas de Luca, de Chazal ou de Tarnaud. Les plus fieffés génies, quand ils n'ont pas encore été récupérés, recyclés même par une bourgeoisie toujours prompte, malgré ses retards, à se mithridatiser contre les poisons qui la visent, ne rassemblent autour de leur œuvre qu'un médiocre nombre de lecteurs. C'est ainsi. » L'épiscopale voix de Soltern avait prononcé ces paroles un jour qu'il partageait avec Emmanuel, Bakounine et Plotin l'onctuosité croquante d'un confit d'oie dans un bistrot du XVIIIe, rue Ordener, où celui-ci avait son atelier.

Emmanuel, Soltern et Bakounine étaient venus voir, ce jour-là, les derniers fusains de Plotin, de grandes compositions d'après nature, où voisinaient des portraits d'arbres et des portraits d'usines. On ne pouvait pas ne pas appeler « portraits » les grands paysages où la réalité se transfigurait selon la loi baudelairienne des correspondances, où se conjuguaient, palpablement, dans l'exaspération ou les joies du ciel, les vents obliques de l'esprit.

Plotin avait été l'élève de Louis-Amédée Bornemolle, le frère aîné de Gustave, l'ami de toujours d'Emmanuel. Louis-Amédée s'était reclus dans sa maison de Pont-Audemer, en Normandie, et ne pratiquait plus que la gravure. Il avait transmis à Plotin l'ensemble de ses secrets. « L'art, disait-il, se résume finalement aux *Fêtes de la patience*, titre sous lequel Rimbaud rassembla ses dernières poésies. » Et la patience était bien ce qui caractérisait le trait multiple, obsessionnel et réitératif de Plotin.

VI

Juana prenait l'autobus place du 8 mai 1945, et celui-ci, traversant Villetaneuse, la déposait au pied de son magasin, route de Saint-Leu à Épinay. Elle montait au vestiaire, se changeait, pointait, allait s'asseoir à la caisse qu'on lui avait attribuée, devant le tapis roulant qui allait déverser devant elle, sans interruption, son flot de marchandises de mauvais aloi. Jamais ni elle ni Emmanuel ne se fussent résolus à ingurgiter ces accumulations de charcuterie spécieuse, de fromages louches, de biscuits artificieux, d'indélicates délicatesses, de viandes glauques ; ces marées de boissons gazeuses, d'apéritifs, de bières, de mauvais vins : la graisse, le sel et le sucre s'y taillaient la part du lion. Si Juana devait jamais être dégoûtée de ces peu plausibles victuailles, c'était le moment ; et, si elle avait toujours répugné à faire ses courses dans une grande surface, d'y enregistrer cette avalanche de produits à peine comestibles la renforçait encore dans son exécration.

Pendant ce temps, Emmanuel, penché sur sa table, face à un mur où était accroché l'un des rares tableaux qu'il eût gardés, un Charchoune bleu, s'efforçait de construire, mécaniquement, la cervelle d'un conte somnifère. Il travaillait à un livre qu'il voulait être un hommage à ses parents – Moïse et Esther Dombrowicz, dont il avait apocopé et fractionné le nom pour se fournir le pseudonyme D'Ombre – et qu'il avait provisoirement intitulé *Le Manteau de skunks*. Il avait existé, ce manteau, que Moïse le serrurier avait jadis offert à Esther dans un des rares moments où sa fortune avait égalé sa générosité native, et ce manteau, faute d'avoir été entretenu, placé chez le fourreur en dehors des froidures, s'était peu à peu dégradé, perdant ses poils, si bien qu'il avait fini par atterrir sur le lit d'enfant d'Emmanuel, où il servait de couverture, et dans lequel celui-ci se roulait, humant le reste des vieux parfums qui y restaient accrochés. Emmanuel considérait le manteau comme la synthétisation de son enfance et du bonheur, la métaphore congrue de l'amour maternel.

En ce moment, Emmanuel songeait à son père, Moïse, qui avait passé sa vie à ouvrir et à fermer des portes, à installer des coffres-forts, à tourner des clés ; à sa mère, Esther, qui avait tenu la boutique, s'était coltiné – déjà – la caisse, le courrier, la comptabilité pendant que Moïse œuvrait à l'extérieur. Aujourd'hui, Moïse avait définitivement forcé les portes de la perception : il était mort.

Sa mort, suivie de peu de celle d'Esther, qu'elle avait laissée inconsolable, avait valu à Emmanuel un héritage : la demeure où étaient la boutique et l'appartement ; quelques économies. Et cet héritage lui avait permis de se consacrer entièrement à son vice : écrire des livres à contre-courant, des livres qui n'allaient être lus que par quelques amateurs. Mais le répit n'avait été que de courte durée, et il se trouvait aujourd'hui, à soixante ans passés, dans la situation d'une bleusaille, d'un débutant.

Pourtant, il en avait publié, des ouvrages, depuis l'époque où il s'était accointé avec Irénée Sfolz. Il avait fini par écrire *Obscurcissements*, le poème en prose qu'il avait raté jadis, et qui était longtemps resté à l'état de mythe. Il regardait en rêvassant la liste de ses publications – ses romans : *La Canne de hockey*, *La Fine Moustache du blockhaus*, *La Belle Dormeuse aux abois*, *Le Bref Ongle du pouce* ; ses poésies : *Obscurcissements*, *Le Livre des pleurs*, *L'Ombre portée* ; ses essais : *Les Heures goutte à goutte*, *Les Patamorphoses*, *Soif ardente de nuit*. Sans compter ses études sur l'art, ses monographies, ses pamphlets.

« Pas mal, pour un vieux cossard, un incorrigible fainéant ! » se disait-il en reposant sur la table le double feuillet de son dossier de presse. Puis il passait une heure ou deux à écrire, se douchait, se rasait de près, s'habillait de l'uniforme qu'il s'était construit, fumait une cigarette et se préparait à l'invariable circuit qu'il avait élaboré dans la ville à l'heure de faire les courses.

Il se munissait d'un de ces sacs en toile plastifiée à carreaux rouge et blanc que l'on paye dix francs dans tous les bazars de Saint-Denis, et qui avait fait fureur dans un vernissage où il était allé un jour, avenue Matignon, où l'on n'avait pas coutume d'en voir. Sur le trottoir, il saluait le graffiti qui scarifiait le mur d'en face, puis se dirigeait vers la rue Gabriel-Péri. Cette rue traverse Saint-Denis du sud au nord. Y alternent, dans des architectures disparates, des commerces hétéroclites : gargotes arabes ou turques, coiffeurs, chocolatiers, photographes, bimbelotiers, marchands de fripes – robes de mariée, sportswear, tout le toutim –, banques, bistrots, bijouteries, fleuristes, marchands de meubles, tabacs, pharmacies, traiteurs yougoslaves ou chinois, brûleries, papeteries, cordonneries, chausseurs, boulangeries, boucheries, poissonneries, tout cela entrecoupé de plaques de médecin ou d'avocat. Sur les étroits trottoirs de la rue, il fallait se frayer à grand peine un chemin entre les poussettes, le flot des passants, les groupes qui s'attardaient aux devantures, les queues qui se formaient aux distributeurs d'argent, les portières des voitures qui battaient, les livraisons, les poubelles, les trottinettes, les mendiants assis sur des marches, ou à même le trottoir, les vieillardes et les vieillards. Et, les jours de marché, la rue s'encombrait des régurgitations des étals. Il y avait en effet, épicentre de cet ouragan, la halle qui abritait une partie du marché, le plus vieux d'Île-de-France, et, disait-on, le mieux achalandé, qui, le mardi, le vendredi et le dimanche, ouvrait à la foule ses portes de fer.

La déambulation d'Emmanuel était quasiment invariable et strictement ponctuée. C'était quand même une déambulation, car, si elle était ritualisée, il restait pourtant, dans ce rituel, une part d'incertitude. Il lui arrivait de rencontrer Mounir et d'aller avec lui boire et causer à *La*

Table ronde. Là, dans un coin, tous deux parlaient littérature ou philosophie, politique aussi – parfois rejoints par l'un ou l'autre de leurs amis. Le public était un mélange d'ouvriers, d'étudiants, de fonctionnaires et de touristes, sans compter le petit clan des habitués. L'un ou l'autre des quatre frères kabyles, propriétaires de l'endroit, tenait le bar, s'empressait, plaisantait, donnait du charme à la vie. Il arrivait que Soltern vînt les rejoindre pour déjeuner ou dîner – et c'était alors, dans la bouche de celui-ci, une ripopée de calembours et d'à-peu-près qui provoquait, chez ses commensaux, l'ivresse hoqueteuse du rire.

Mais, le plus souvent, lorsqu'Emmanuel était seul, son invariable halte l'ancrait aux *Quatre rues*, bistrot des plus ordinaires, où se déployait, comme dans la rue même, le disparate des populations de Saint-Denis.

Venaient s'y désaltérer, s'y morfondre ou tuer le temps, les employés des magasins avoisinants, les ouvriers retour du coltin, les retraités venus se beurrer tranquillement la tartine, mais surtout, arrimés au comptoir et tanguant comme des navires au port, tout un peuple d'oisifs malgré eux, de laissés-pour-compte, d'hommes et de femmes détruits par on ne sait quelles vicissitudes, quelle malchance fatale, quelle définitive inadaptation au monde.

Emmanuel s'arrêtait chaque jour aux *Quatre rues*, où il se faisait servir, selon l'heure ou le désir, un café ou une bière. Et il contemplait, en prenant parfois des notes sur la couverture de son chéquier, un vieux ticket de métro ou une feuille de carnet, les êtres désarticulés qui s'accrochaient au bastingage du zinc.

VII

Une femme jeune, énorme, édentée, le cheveu raide, se tape goulûment, sans vergogne, un énorme millefeuilles, qu'elle arrose d'un punch. Elle est assise à côté de la machine à sous que torturent des Antillais, qu'elle semble connaître et avec qui elle échange d'incompréhensibles paroles.

Une femme jeune, maigre, très brune, les doigts noircis de nicotine, titube au comptoir devant un Martini. Elle fume une cigarette et esquisse un pas de danse sur la musique de la radio. Il s'est fait un vide autour d'elle : les habitués se tassent aux extrémités du comptoir.

Monseigneur, c'est un jeune informaticien, boit des punchs ou des gins accoudé au zinc. Monseigneur est le nom que lui a donné le patron. Il arrive à celui-ci d'allumer une bougie sur le comptoir à côté de l'intéressé. Parfois même il y ajoute un bouquet de fleurs. Monseigneur ne se vexe pas, s'enfile punch sur punch ou gin sur gin, sourit, vacille, puis, felouque chargée, met les voiles.

Il y a aussi cet homme vieillissant, aux bras atrophiés, à la face comme écrasée, pareille à une tête de chat persan, qui turbine au petit rouge. Il s'est fait jeter de presque tous les cafés, où il a laissé trop d'ardoises, et s'est replié ici, où il avale ballon sur ballon, jusqu'à l'extrême de la fermeture. On l'appelle Cornélius, du nom d'un des protagonistes de *La Planète des Singes*, dont il a le nez plat, et la démarche sautillante. On le voit, puis lorsque s'enfle sa dette, on ne le voit plus.

Le Légionnaire est une espèce de bravache, à la demi-cloche, qui fait beaucoup de bruit, râle, peste, pérore, brasse de l'air. Il est inoffensif, malgré ses allures de forçat. Il se fait offrir un verre, une cigarette, râle, peste, pérore, et s'en va.

Pendant ce temps, l'un des garçons s'active derrière le bar. Il tire une bière. Il vide un cendrier. Il rince des verres, les essuie. Passe un coup d'éponge sur le zinc. Alimente le lave-vaisselle. Dans un intervalle, il s'allume une Gitane dont il tire quelques bouffées. Il porte la livrée traditionnelle de sa profession : nœud papillon noir et gilet de même couleur, à multiples poches, sur une chemise blanche aux manches retroussées. Cheveu rare. Fine moustache à l'ancienne. Regard exorbité. Philippe – c'est son nom – pratique volontiers un humour à froid qui n'a pas grand effet sur ses clients. Mais il s'en fout. Il rêve de prendre sa retraite à la campagne, d'aller à la pêche et de n'avoir plus mal aux pieds.

Son acolyte, un grand escogriffe à grosse moustache, avec un accent du Sud, y va aussi de ses vannes à l'intention d'habitués si accoutumés à les recevoir qu'ils ne les entendent plus. Le patron, plus réservé, se tient à l'écart de ces joutes verbales.

Un gros homme, au ventre extraordinairement ballonné, montre cette rondeur à qui veut la voir, en soulevant son tee-shirt. Il profère des obscénités à l'intention des rares femmes qui se mélangent aux ivrognes du dimanche. Il sympathise avec Emmanuel, à qui il explique qu'il est couvreur, mais que son obésité lui fait craindre d'aller encore sur les toits. Il y va pourtant, non sans gêne. Puis il noie sa honte dans l'alcool.

Il arrive que Mounir vienne rejoindre Emmanuel aux *Quatre rues*. Il se fait houspiller par des femmes arabes et soûles qui le soupçonnent d'être un giton. Il a le plus grand mal à s'en défaire. Elles le flattent, l'insultent, le palpent, le menacent, et, pour finir, l'embrassent et le caressent. Mounir oppose à leur exaltation une insensibilité de statue. Il s'efforce de mettre un terme à leur furie en leur tenant un langage d'une politesse gourmée. Emmanuel s'exaspère tout seul dans son coin.

Parfois un Arabe polyomélitique, à peine plus haut que les trois pommes du comptoir, vient y boire un lait chaud. Il a un regard et un sourire exquis : c'est un ange venu visiter la désolation d'ici-bas. Il arrive que de tels êtres apparaissent pour illuminer, durant une brève minute, le ciel bourbeux et noir qui recouvre la ville de son linceul.

Juana s'essouffle à sa caisse, où elle est proprement enchaînée. Pas un instant de répit. Interdiction de se lever, d'aller aux toilettes. Une caissière s'est fait un jour apostropher par la cheffe parce qu'elle avait ses règles et qu'elle sollicitait une pause : « Vous ne bougerez pas d'ici ! » lui avait craché au visage sa supérieure. Il avait fallu l'intervention de trois clientes compatissantes et quelque peu scandalisées pour que la cheffe revînt sur son oukase. La caissière est un pur automate, une machine à enregistrer.

S.B.A.M. Sourire, bonjour, au revoir, merci. Elle est prisonnière de son uniforme comme d'un travestissement. Elle n'est plus qu'un golem au front duquel le patronat a imprimé en lettres de feu la formule « Enrichissez-moi ». Durant les sept heures où elle renonce à vivre autrement que par procuration, sept heures coupées d'un arrêt de quatorze minutes, s'accumule, par son intercession, un pactole de trente à quarante mille francs. Elle n'en gagnera, par jour, que trois cents : un centième de la recette.

Les cheffes ne sont jamais, ou très rarement disponibles. Il faut, en cas de besoin, littéralement les supplier pour qu'elles interviennent. Elles ne le font que de mauvaise grâce, visage et voix rogues. Il faut auprès de la caisse centrale mendier constamment la monnaie ; il est proscrit d'en solliciter à la caisse mitoyenne. Il est aussi défendu de se parler entre caissières.

Lorsque le responsable du magasin, qui trône comme un dieu dans les hauteurs, consent à honorer de sa présence sourcilleuse le bas du pavé, il ne lui vient jamais le souci de saluer aucun de ses employés. On ne se mélange pas à la piétaille. On voit ce personnage dûment cravaté se frotter les mains entre les gondoles. Son épouse, acariâtre et mafflue, se dissimule derrière les rayons, pour y espionner, reine de la ruche, les ouvrières.

Juana, toute caissière qu'elle fût, était tenue d'obéir au moindre caprice de la direction. Il lui arrivait de passer une semaine à vendre du pain à la boulangerie, une autre à se claquemurer dans l'une ou l'autre des casemates de la station-service, à l'extérieur du magasin. Cette situation, mis à part qu'on y pèle l'hiver et on y cuit l'été, n'était pas dépourvue de quelques avantages. Les filles y faisaient tonner leurs transistors, ou, entre deux encaissements, téléphonaient à leurs petits amis sur leurs portables. Elles étaient là moins strictement surveillées qu'ailleurs.

Des vigiles à gros bras circulaient çà et là dans les espaces. Ce sont majoritairement des Africains, baraqués comme des armoires et sapés comme des princes. Ils forment ici une caste inaccessible au commun. Ils peuvent se montrer désagréables, et même brutaux. Eux aussi appliquent à l'envi l'implicite loi du silence et de la mésestime.

Le rêve du patronat serait que le personnel s'identifie à leur enseigne. Si la plupart des caissières, égarées là par l'aiguillon du besoin, se tapent de sa réputation, il y en a – souvent des cheffes – qui aspirent à faire carrière, à monter les échelons. Celles-ci sont prêtes à toutes les compromissions, brandissent à qui mieux mieux l'étendard du magasin. Elles en sont les championnes et ne tolèrent pas le moindre manquement aux codes de leur vassalité. Structure féodale de l'entreprise : les seigneurs, les vassaux, les serfs.

VIII

Il y eut un mois où, tandis que Juana travaillait, Emmanuel sortit. Ce n'était pas à cinq heures. L'auteur désirerait ne pas écrire de pareilles phrases, mais il s'y résout, fût-ce à contrecœur. Emmanuel sortit. Les déjeuners, les fêtes, les nuits blanches même s'enchaînaient.

Il y avait eu, d'abord, une invitation par une galerie de l'avenue Matignon, avec laquelle il arrivait à Emmanuel de collaborer, soit qu'il y organisât une exposition, soit qu'il y publiât des catalogues. Cette galerie était dirigée par un certain Léon Scrupule, homme d'une quarantaine d'années, sapé mode et entretenant le savant négligé de sa chevelure et de sa barbe, qui naviguait en corsaire dans le milieu depuis déjà vingt ans. Il avait tenu boutique successivement rue de Seine, puis dans le Marais, s'était finalement replié aux Champs-Élysées par une stratégie qui tendait à y concurrencer les vieilles officines où se négociaient d'académiques chromos, et qui avaient fait la (mauvaise) réputation du quartier. Scrupule s'intéressait aux marginaux du surréalisme, à l'art brut, aux autodidactes et isolés. Et il exposait aussi quelques peintres qui n'avaient pas la faveur des institutions, parmi lesquels Bornemolle et Plotin. Il éditait aussi de petits livres sur l'art dans une collection précieuse dont Emmanuel était l'inspirateur.

Il avait donc, ce jour-là, invité Emmanuel à dîner, dans une des « cantines » qu'il affectionnait, rue Marbeuf. À l'intitulé de *L'Aubrac*, c'était un restaurant à charcuterie et à viande, ouvert jour et nuit. Scrupule y avait réservé une table de quatre personnes, et convié, outre Emmanuel, son amie du moment, et son factotum, Émile, qui lui servait aussi de chauffeur. Celui-ci, physique très méditerranéen, était toujours tiré à quatre épingles et faisait rouler ses biscoteaux sous le fil-à-fil de son costume strict. Ils avaient mangé des fritons, de la saucisse et du jambon secs, puis des pavés de bœuf agrémentés de salade et de pommes sautées à l'ail. Un vieux laguiole leur avait permis d'achever la dernière bouteille de Marcillac, dont ils avaient bu en abondance.

Après, il leur avait suffi de traverser la rue pour aller licher un alcool au *Man Ray*. Cet établissement, présumé sélect, attire un gotha composite où prédominent le monde de la mode et celui du spectacle. Scrupule y a ses entrées, tutoie le patron, connaît les arcanes du lieu. On y accède par un escalier qui s'enfonce dans les entrailles d'un immeuble. Le bar, et les tables qu'il gouverne, occupent une mezzanine qui encercle et surplombe une fosse où s'agglutinent les dîneurs. Le décor est vaguement oriental, avec de hautes statues, un bassin qui miroite au fin fond. La musique est *new age*, planante ou techno.

Les quatre convives s'assoient autour d'une table basse, sur des fauteuils-crapauds. On commande des cocktails ; on boit ; on renouvelle les consommations. Emmanuel, qui a beaucoup bu, se trouve bientôt entre le zist et le zest de l'ivresse. Scrupule caresse en rêvant les jambes épilées de son amie. La fatigue alourdit ses paupières. Il se prépare à rentrer. Ni Emmanuel ni l'âme damnée de Scrupule n'en ont le désir. Emmanuel est sur le versant noir de la nuit, prêt à s'y laisser engloutir. Lui et Émile décident de consentir à cet engloutissement. Ils abandonnent Scrupule et son amie, filent dans un taxi vers Saint-

Germain-des-Prés. Ils bousillent une ou deux heures chez *Castel*, où il ne se passe rien, puis Emmanuel, impatienté, demande à son compagnon s'il n'y a pas quelque chose de plus gai, de plus excitant à l'entour. « Il y a bien *L'Émeraude,* lui répond l'homme aux épaules qui roulent, mais c'est un peu chaud. C'est une boîte africaine, ou, plutôt, une boîte où les Africaines viennent danser et michetonner. On n'est pas tenu d'y consommer de la chair fraîche – mais de l'abreuver, oui. Je veux bien t'y conduire, si tu veux. Mais il est temps pour moi d'aller pioncer. »

Et les voilà partis, bras dessus, bras dessous, vers le carrefour Mabillon, la rue de Buci puis la rue Dauphine. *L'Émeraude* se dissimule dans une cour de l'étroite et brève rue de Nesle. Emmanuel s'y hasarde, sonne à l'épaisse porte de bois dans laquelle s'ouvre un guichet par où il va être examiné. Reçu, mention passable, mais reçu. La porte s'ouvre à son tour, tenue par un grand Noir en smoking. Emmanuel déboule dans un couloir orné de glaces, à la gauche duquel se déploie un vestiaire. Le vestiaire est gardé par un petit homme inattendu dans ce lieu : un Portugais. Des filles lui passent leurs sacs et rectifient leur coiffure dans un miroir. Elles sont assez somptueuses, et vous soupèsent du regard. Emmanuel se dirige vers la salle, flanquée d'un côté du bar, assailli à cette heure, et de l'autre, d'une petite piste de danse. Quelques beautés cambrées s'y déhanchent. La musique est africaine – probablement congolaise. La salle est assez vaste, encombrée de tables basses, de petits fauteuils et de poufs. Une banquette court contre le mur du fond.

La lumière tombe, chiche, d'un plafond sculpté. Seule la piste est fortement illuminée. On ne distingue, d'abord, que des silhouettes indifférenciées, qui s'alanguissent autour des tables. Puis le regard s'accoutume à la pénombre, les détails surgissent du néant. C'est comme s'approcher d'un tableau, dont on n'a, de loin, qu'à peine deviné le sujet ; découvrir ce qui s'y trame, identifier un personnage, un groupe, les isoler.

Emmanuel procède ainsi, voit se former des images nettes dans un flot d'indistinction. Au plus profond de la salle, dans un coin, il lui semble que se dessine une figure familière à ses yeux. À qui donc pouvaient appartenir cette chevelure de paille, cette gerbée de cheveux encadrant un haut front, un nez fort, une bouche mi-amère, mi-moqueuse, si ce n'était à Bakounine, Joseph Bakounine, l'ami de Soltern ? À moins que dans l'ivresse Emmanuel n'eût été victime d'un mirage. Mais que faisait donc Bakounine à *L'Émeraude* ? En se glissant jusqu'à sa table, Emmanuel se demandait quel diable, similaire au sien, avait bien pu, de sa fourche, forcer Joseph en ces lieux.

Emmanuel observa que Joseph était comme hors de lui-même et du temps, tout occupé qu'il était à baratiner une beauté noire aux cuisses nues offertes à sa caresse, dont à l'évidence il marchandait âprement les faveurs. Il y avait devant eux, comme dans une toile de Morandi, une bouteille de whisky, une carafe de Coca-Cola et un seau de glace. Joseph, totalement absorbé dans ses tractations, n'avait pas vu Emmanuel, ironiquement planté devant sa table. « C'est du joli, mon cœur ! » l'apostropha ce dernier.

Joseph eut un sursaut, dirigea son regard un peu flou sur Emmanuel, et jura : « Ventredieu ! Ai-je un spectre d'enclume devant les yeux ? Me serai-je, comme l'homme aux semelles de vent, habitué à l'hallucination simple ? » Et, s'arrachant aux attraits de sa nymphe, il se leva, éclata d'un rire qui trancha l'espace, et tomba dans les bras d'Emmanuel. « Je ne t'imaginais pas en pareil voisinage ! lui dit-il. Où as-tu abandonné ta spouse (ainsi appelait-il Juana) ? L'aurais-tu donc sacrifiée aux molosses du marchandisage ? – Que nenni, mon cher ! Elle dort. Et moi, semblable à quelque Ubu roulant dans la nuit, j'erre de bar en bar, et, guidé par un

Hermès assez peu trismégiste, je suis venu me perdre dans cette caverne. – Pose ici ton séant, et aide-moi, dans ce désert surpeuplé, à assécher la bouteille qui nous nargue. »

Emmanuel et Joseph avaient accoutumé d'entretenir ensemble des conversations où la préciosité le disputait à la raillerie. Cette habitude avait pour fonction d'établir entre eux et un auditoire profane une barrière quasiment infranchissable. Et, à en juger par l'expression de mauvaise humeur qui renfrogna le visage de sa Circé, ladite Circé n'avait compris goutte à leur précédent échange.

« Je te présente Alicia », poursuivit Joseph, qui, sensible à la grimace de la belle, ne voulut pas ruiner les approches de toute une soirée. Les filles de *L'Émeraude*, devait expliquer Joseph à Emmanuel, se donnaient presque toujours des noms de guerre, qu'elles jugeaient prestigieux. Il y avait abondance de Marylin, de Rita, de Tina, de Barbara, beaucoup de prénoms en *a*, mais Joseph avait aussi avoué connaître une Ondine, dont le prénom natal était Alimatou.

Bien qu'Emmanuel l'eût saluée le plus cérémonieusement du monde, Alicia s'était brusquement désintéressée de Joseph, et, fulminant, avait quitté la table pour rejoindre les danseurs.

« Tu tireras ta crampette une autre fois », dit Emmanuel à Joseph, lequel était tout à la fois marri et point trop mécontent de la circonstance. Ils se lancèrent dans une conversation plus naturelle, en faisant un sort aux boissons qui s'offraient à eux. Puis, l'heure tournant, les tables se clairsemèrent, on bâilla, la fatigue eut raison de leur désir.

Dehors, au contraire, le jour se levait. Emmanuel et Joseph vacillèrent sous l'effet de la lumière naissant, puis, d'un pas lent, remontèrent la rue Dauphine, pour se diriger vers l'Odéon. Là, au carrefour, ils burent ensemble un café, puis, la paupière appesantie, se laissèrent choir dans la bouche du métro.

IX

Avant d'aller dormir – moment qu'il retardait à loisir tant il identifiait le sommeil à la mort –, Emmanuel fit une halte aux *Quatre rues*. Il était rare, et même rarissime, qu'il s'y hasardât à cette heure. Les ouvriers venaient y boire leur café, qu'ils arrosaient de rhum ou de calva. Les ivrognes y démarraient au vin blanc ou à la bière leur agonie quotidiennement renouvelée. Les visages étaient chiffonnés, les mains souvent tremblantes. Les plaisanteries des garçons tombaient à plat.

Emmanuel s'assit devant un café crème et une tartine beurrée. Il aimait, au bout de la nuit, à l'orée du jour, cette courte parenthèse avant le saut. Puis il rentra chez lui, non sans avoir acheté, à la boulangerie, du pain frais et des croissants chauds.

Juana était déjà debout, se préparait à descendre. « Où donc es-tu allé te perdre,

Bovary ? » lui demanda-t-elle, sans se fâcher. Emmanuel lui raconta les épisodes de son noctambulisme. « Vous n'êtes que des enfants ! lui dit Juana. Vous ne valez pas mieux l'un que l'autre ! »

Emmanuel partit se glisser entre les draps frais du lit. Puis il sombra.

Au réveil, il était midi. Emmanuel but une tasse de café, puis s'assit à sa table de travail. Sa tête lui semblait un grelot, que sa folie nocturne secouait encore. Il essaya d'écrire. Il n'y avait rien d'autre qu'il sût faire, mais il se représentait que cela même, peut-être, il ne le savait pas. Il y avait toujours à trouver une façon d'équilibre entre un excès de platitude et un surcroît d'exaltation. Il composait des phrases, les décomposait, les recomposait. Mais, dans cet instant, tout ce qu'il tentait pour réconcilier, dialectiquement, la part du rêve et celle de la réalité – si spécieuse que fût celle-ci – lui semblait vain, voué à l'échec et donc, à la corbeille d'osier où s'accumulaient les feuilles froissées. Il aurait voulu dire toute la magie de la ville – sans pour autant l'idéaliser : toute la magie, tout le mystère et, aussi, toute la misère, toute l'injustice de la ville dont il avait lui-même, dès l'enfance, éprouvé les contradictions.

Lassé de ferrailler contre sa propre impuissance, il abandonna son travail. Il avait besoin de revivifier sa mémoire, de la rafraîchir. Il alla fouiller dans sa bibliothèque, d'où il tira une boîte en laque de Chine à motifs dorés sur fond noir, boîte où il avait rangé les photographies d'autrefois. Il contempla les traces insignifiantes de plusieurs vies, la sienne, celle de ses parents, s'attendrit à la vue d'un cliché qui représentait le manteau de skunks accroché à la porte d'une armoire, à côté de laquelle on le voyait lui, douze ou treize ans, qui brandissait en souriant à l'objectif un bâton à plumes. C'était l'époque où il se passionnait pour les westerns et où il prenait invariablement le parti des Indiens.

Il rangea les photographies, referma la boîte en laque de Chine, puis, l'ayant remise à sa place, alla quérir, sur une autre étagère, une autre boîte, en bois blanc, à ferrure de cuivre, où il gardait, en liasses, des documents qu'il jugeait précieux. Parmi ces derniers, il y avait un vieux cahier d'écolier, dont les pages allaient s'effritant, où l'un de ses amis d'autrefois, un écrivain, disparu depuis, qui avait fréquenté Bataille et les surréalistes, avait consigné, sous forme de journal, des « choses vues ».

Ce cahier lui avait été confié, avec d'autres manuscrits, par la veuve de l'auteur, désireuse de savoir s'il y avait lieu de les compiler en vue d'une publication. La dame disparaissant à son tour, Emmanuel les avait serrés dans des boîtes, et, nostalgiquement, il en ouvrait parfois l'une ou l'autre, comme en ce moment celle-là, dans le midi tremblé d'un lendemain d'ivresse.

En lisant les notes insoupçonnées que cet ami avait prises, dans sa jeunesse, au gré de ses promenades et de ses haltes au café, Emmanuel était frappé du regard, scrutateur et désolé, que celui-ci portait sur ses semblables, et qui était comme une préfiguration du sien propre.

Il ouvrit au hasard le cahier, tomba sur une séquence datée du 14 février 1941. Il lut :

Café du Commerce.
Un « petit gros » au ventre abondant.
Un autre, « disert », et faisant des cuirs.
Un troisième, absolument muet et écoutant de toutes ses oreilles.
On remettait ça assez fréquemment (beaujolais).
Le petit gros : « Tout ce que j'ai vu, c'est pas croyable. J'en ai trop vu pour qu'on me croye. Et des vices et tout. Tiens, pas plus tard qu'il y a huit jours, on a opéré une bonne femme qui avait une carotte dans l'utérus.
– Dans quoi ? » a demandé le garçon.

Le disert – d'un air important : « Ben, dans le vagin. » Et comme le garçon n'avait pas l'air très fixé encore sur cette question d'anatomie : « "L'utérus" en médecine, c'est le con, quoi ! »

Cette précision donnée, tout le monde avait compris cette fois. Le comptoir entier se retourna vers le trio. En flâneurs connaissant la valeur des conversations de comptoir, leur sûr instinct les avertissait que ce soir ce n'était pas de la gnognote. Il y avait des compétences au Commerce.

« On s'imagine pas les vies qu'il y a. » Le disert : « Oh là là, dans Paris ! Paris la ville lumière, la ville ordurière : en province, ils ne connaissent rien. Il faut venir à Paris pour apprendre la vie.

– Ça arrive souvent, ce genre d'opération ? » a demandé la caissière, qui s'est interrompue dans ses comptes. (Elle est un peu fière, la caissière du Commerce *– nièce de la patronne, qui n'a pas d'enfant.) Et d'avoir acquis son attention est une sorte de consécration pour le « petit gros ».*

« Bien sûr que c'est souvent. C'est comme le coup du porte-manteau.

– Le coup du porte-manteau ?

– Oui, de la patère. Il y a des gonzesses qui se tripotent avec tout un tas de machins. Il leur

en faut des gros. Un jour, on a trouvé une patère en bois dans l'utérus.

– Une patère ? (Chœur des consommateurs.)

– Oui, une patère. Et faut pas croire que c'est rare ces trucs-là. Tiens, quand j'étais grifton à Lunéville, au claque, on y allait. Y avait des poufiasses qui faisaient le coup pour nous faire rigoler. Non, j'vous l'dis, je veux pas causer, parce qu'après on me traite de bluffeur. Mais si je pouvais dire tout ce que j'ai vu. Ah là là, y a quand même de drôles de trucs à voir dans les hôpitaux. Quand on est du métier. Faut être du métier, quoi. Moi je suis du métier. Vous avez déjà assisté à des trépanations ? »

Le disert : « Ah, ça c'est intéressant, la trépanation. On vous ouvre le crâne, quoi. On vous fait un trou. Alors, ça se déboîte. »

Le petit gros, modeste et condescendant : « Donnez-moi un papier et un crayon. »

Tout le monde s'est précipité. La caissière a fourni, avec une incroyable célérité, papier et crayon. Deux clochards même – très occupés dans une histoire filandreuse de chiffonniers – se sont aussi approchés.

« Voilà (tout en dessinant) : là y a deux os, le frontal et l'occipitaux – euh, j'veux dire l'occipital. Et là les deux pariétaux. Nous faisons un trou là, hein, et puis toc. »

Tout le monde est suspendu.

Le disert – très au courant : « Là, c'est le moment le plus difficile. Si on rate, le type est flambé, hein. (Quelques détails techniques.)

« Ah non, ne m'en parlez pas. Tout ça, faut être du métier. C'est comme la mort. Nous on vit avec la mort. On la frôle à tous les moments, à l'Institut médico-légal. J'ai entendu raconter une histoire formidable. Y avait un garçon d'amphithéâtre qui s'était envoyé une gonzesse qui venait de clamecer. "Elle est encore chaude, faut en profiter, qu'y disait." »

Le petit gros : « Ah non, ça c'est charrié. Moi, la mort, je la respecte. On a beau dire, mais un type que t'as vu en vie et puis que tu vois mort... c'est pas que ça me fasse quelque chose... mais j'sais pas, la mort qu'est-ce que tu veux, c'est quelque chose où que les grands chefs ils ne comprennent rien. »

La conversation allait prendre un tour métaphysique.

L'épisode s'interrompait là. Emmanuel songeait qu'il aurait pu se dérouler dans l'étroit espace des *Quatre rues*, là où d'autres métaphysiciens amateurs échangeaient leurs considérations ontologiques. À moins que leur esprit ne les fît pencher du côté moins glorieux

– mais autrement efficace – de la phénoménologie.

« J'arrête pas de tousser. J'ai une bronchite anachronique. » Le matin même, cette parole était tombée de la bouche d'un habitué. Et une vieille femme, prompte toujours à se plaindre, à soupçonner le monde entier de lui en vouloir, avait énoncé ce profond apophtegme : « On est toujours sali par plus sale que soi. »

Ce qui avait laissé, laissait encore Emmanuel rêveur. Il imaginait son ami plongé dans les pensées mêmes qu'il entretenait à cette heure, mélange de désespoir et de commisération : « La sottise, l'erreur, le péché, la lésine, occupent nos esprits et travaillent nos corps », avait écrit Baudelaire à l'entrée même des *Fleurs du mal*. Il n'y avait rien à changer à cette parole.

X

Emmanuel sortit. Presque tous les jours il sortait. *L'Émeraude* l'avait fasciné. Il y était retourné avec Mounir. Il y était revenu avec Soltern. Il y était même allé un soir avec Irénée Sfolz. Sans compter les fois où il y avait suivi Bakounine.

La piste de danse se dédoublait par une glace qui occupait tout un mur. Face à elle se penchaient en roulant des hanches des Africaines fessues. Elles dansaient ici comme dans une clairière au fin fond de la forêt ; comme dans un bal du samedi soir aux faubourgs des villes.

Le pointillé des guitares soulignait leur branle. La vue de ces beautés callipyges était des plus troublantes. Elles avaient des peaux semblables à du massepain, où s'accrochait la lumière – le désir ? – des projecteurs. Quelques hommes – noirs ou blancs – se mêlaient à elles, mais on ne dansait pas vraiment ensemble.

Chacun pour soi ; chacun perdu dans son rêve ou noyé dans son expectation. Les corps ne se rapprochaient qu'après la danse, sur les banquettes et les fauteuils, autour des tables.

Le coït se négociait entre mille et quinze cents francs. Si, aux premières heures de la nuit, il y avait à *L'Émeraude* un air de fête, de l'innocence et de l'oubli, aux petites heures du matin l'atmosphère s'appesantissait. Les filles étaient lasses, et pressées de conclure victorieusement leur stratégie de séduction. Elles s'accrochaient au cou des hommes ivres et jouaient leur va-tout pour en extraire de la poche la manne convoitée. Si elles n'y parvenaient pas, elles se transformaient en véritables harpies, des griffes desquelles il devenait laborieux de se soustraire. Il valait mieux ne pas s'aventurer seul à *L'Émeraude* – à plusieurs, il était plus facile d'esquiver –, ou en partir assez tôt pour éviter l'acte ultime et son lugubre dénouement.

Me voici en plein dans le divertissement ! songeait Emmanuel, qui s'abandonnait jour après jour au remuement et au bruit qui l'accompagnent. Comme Pascal a vu juste, et que le cœur de l'homme est creux et plein d'ordure ! Mais il se laissait entraîner par ce que Pascal, encore lui, appelle, dans ses *Pensées*, l'occupation au dehors.

Un soir, il avait été invité à un concert, qui se donnait dans un théâtre rond, démontable, installé sur une placette, ordinairement un parking, à quelques pas de *La Table ronde*.

Ce théâtre, le *Magic Mirrors*, avait l'apparence d'un cirque en miniature, et l'intérieur en était tapissé de glaces et cerclé de gradins recouverts de velours rouge. La combinaison des miroirs et du velours rouge donnait à ce lieu clos des allures de lupanar. Pour l'occasion, la piste était encombrée de chaises pliantes, et une estrade avait été dressée au fond.

Le concert devait être suivi d'un buffet froid et la piste, dégagée de son mobilier, offerte alors aux spectateurs.

Emmanuel y était venu avec Juana et sous l'escorte affable de Mounir, qui leur avait fourni leurs billets. Il avait été déçu par la musique, un peu trop convenue pour son goût, mais se félicitait de la suite des réjouissances. Le buffet, abondant et aimable, avait été dressé par *La Table ronde*, et, derrière les tables à tréteaux qui soutenaient les victuailles et le vin – quelques alcools aussi –, trônait, royal, exubérant, son organisateur, Boudi, le patron de ladite *Table*, entouré d'un personnel des plus empressés. Boudi était un jeune homme de bon caractère, souriant et rond, toujours prêt à entrecroiser les fils d'une conversation et à mignoter sa clientèle. Tandis que Juana dansait, que Mounir passait de groupe en groupe, où il allait saluer ses nombreux amis, Emmanuel, adossé contre un pilier, à l'angle de la table du buffet, bavardait en buvant du vin rouge avec Boudi.

Les heures, mélancoliques ou joyeuses, coulaient leur sable. La compagnie se raréfia. Il ne resta plus que quelques danseurs, quelques buveurs inconsolables. Des rampes de lumière s'éteignirent. Le théâtre fermait ses portes.

On se retrouva dehors, sur la placette, dernier carré d'irréductibles d'où pourtant se détachèrent, comme d'une banquise, les moins audacieux des noctambules. Juana même rentra se coucher. Emmanuel et Mounir étaient d'attaque, et ne parlons pas de Boudi, qui avait soustrait au buffet une bouteille de poire, et des verres, et s'était allongé en travers de la chaussée, déserte à cette heure. Emmanuel et Mounir s'assirent à côté de lui, sous un réverbère, et ils torchèrent consciencieusement, comme il se doit, les dernières gouttes d'alcool. Il y avait du vent dans les voiles, les vergues étaient gréées, le navire en partance sur les eaux noires du Styx.

Il fut question de prendre un taxi et de partir finir la nuit à *L'Émeraude*. Mais il y avait à faire, tôt le matin, la plonge du buffet, de sorte que Boudi renonça.

Il ne demeura plus, sous la lumière verdâtre et fibrillée du réverbère, qu'Emmanuel et Mounir, anges de la désolation. Tous deux s'étourdissaient, allaient jusqu'au bout de leur folie propre, Emmanuel pour oublier ses rêves, et Mounir effacer sa propre histoire.

Ils s'en furent donc, tandem de désespérés, dans l'ombre ardente de la rue de la Boulangerie, jusqu'à une rue qui les conduirait, clopinant et clopant, à la Porte de Paris. Là, un taxi – wagon ? frégate ? – les emporta jusqu'au Pont Neuf, où, sous une arcade, sourcilleuse eût dit Soltern, ils disparurent dans la rue de Nevers. Avec la rue Gît-le-Cœur, la bien nommée, c'est l'une des voies les plus moroses de Paris. Elle donne sur une impasse, mais à gauche, avant ce cul-de-sac, sur la rue de Nesle, où se camoufle *L'Émeraude*.

Emmanuel commençait d'y être connu, salué du portier, des videurs, du monsieur du vestiaire, du distributeur des tables, des garçons. Salué aussi des quelques Africaines qui le reconnaissaient et, déjà, s'apprêtaient à lui siphonner quelques consommations. Mounir se trouvait dans l'état que l'Église désigne, par un puissant oxymore, sous l'appellation de délectation morose. Il lui fallait ces nuit d'errements pour laver l'outrage, tous les outrages qu'il avait subis. Emmanuel, quant à lui, envisageait l'abandon de soi-même comme un potlatch.

Mounir commanda une bouteille de whisky, qui leur fut servie accompagnée d'une carafe de Coca-Cola, de Perrier et d'un seau de glace. Ils furent bientôt rejoints, sur la banquette où ils s'étaient assis, par deux beautés assoiffées. Ni Emmanuel ni Mounir, fatigués déjà et soumis au joug de l'ivresse, n'avaient d'autre intention que de causer avec elles.

La parole de Mounir était tourbillonnante et se déployait en arabesques, comme un chant. Il interrogea les filles, et développa un discours qu'Emmanuel, plus réservé et perdu dans un songe, n'écouta pas. Puis, presque assommé par le malt, Emmanuel imagina de rentrer. Mounir, dont l'œil se voilait sous une paupière alourdie, consentit sans façon au départ.

Les voici remontant la rue Dauphine, bifurquant au carrefour Buci vers le métro Mabillon. Ils boivent un café dans un bar qui s'ouvre. Ils ont noyé leur chagrin.

XI

Emmanuel expérimente nuit après nuit le paradoxe des nuits sans nuit. Le beau titre de Leiris lui revient à la mémoire tandis qu'il cherche le sommeil. Il ne le trouve qu'au dernier degré de l'exténuation, lorsque le vertige a totalement envahi sa conscience. Il doute au reste de la pertinence de ce mot. Il lui semble plutôt se situer du côté de l'inconscience, que sa pensée lui échappe comme un sable entre les doigts.

Chaque soir il affronte la même agonie. Il n'est ni tout à fait vivant ni tout à fait mort. La perspective de sombrer dans le sommeil est un objet d'angoisse et de désir. Comme je suis loin de Juana ! songe-t-il, tandis que paisiblement elle dort. Comme je suis loin d'elle, aussi, dans la suite aléatoire des jours sans jour. Je me bats contre des moulins, je ferraille contre des fantômes et néglige l'essentiel, qui est sa main, sa main amie. Je suis enfermé en moi-même comme dans un coffre. Je la regarde, je la vois, mais comme à distance. Je voudrais lui dire toutes ces choses, et l'amour fou que je lui porte, et je ne les lui dis pas. Directement, tout au moins. Moi, dont le travail est d'exalter la parole, je reste muet devant elle. Muet, transi, médusé. Je sacrifie à mes vices, quand il faudrait être un saint pour s'agenouiller devant cette madone.

Emmanuel redoute la nuit, il la craint.
Sa nuit est peuplée de rêves, et ces rêves l'abandonnent au matin plus essoré encore que la veille. Rêves absurdes et violents. Rêves rédhibitoires. Il en oublie beaucoup, la plupart. Mais il y en a qui s'impriment à jamais sur le palimpseste de sa mémoire, ô Baudelaire, merci.

Il se souvient. Il a rêvé un jour qu'il était poursuivi par une bande de sbires, aux ordres d'une improbable Internationale des Homosexuels chrétiens. Le but de la horde était de lui graver, au bistouri sur l'anus, la croix du Christ. Une autre fois, il rend visite à Irénée Sfolz, son éditeur. Celui-ci vient d'acheter une maison, au bord de la mer, au croisement de plusieurs routes. La maison est en bois et repose sur des fondations constituées de cageots à légumes. Lorsqu'il y entre, il s'aperçoit que le sol est entièrement recouvert d'une viscosité verte. « On va tout réaménager », lui dit Irénée Sfolz, allongé en costume et cravate, cigare aux lèvres, dans la baignoire de la salle de bains. Il a rêvé encore que, recru de fatigue, il est allé s'étendre sur une couche, à peine un lit, dans un bâtiment aux allures de prison ou d'hôpital. Il s'y est endormi, pareil à une pierre qui sombre. Au réveil, il s'est aperçu que contre lui, enveloppé dans un linge, mais les bras nus, a dormi un homme tout blanc, plus blanc que le linge dont il est vêtu, et qui, s'éveillant à son tour, s'est répandu en remerciements, lui a serré la main avec effusion, l'a félicité. « Cet homme souffre d'une forme rare de la lèpre », songe Emmanuel, en lâchant cette main. Il éprouve un fort sentiment de jubilation. « Je suis un type dans le genre de Jésus Christ », conclut-il.

Il rêve de villes qui n'existent pas, de rues introuvables, d'itinéraires impossibles. Il rêve de faubourgs où l'on se perd, d'architectures menaçantes, de paysages mouvants. Il rêve de monstres marins, de fontaines tapissées de salamandres. Il rêve et s'épuise, se dilacère dans le rêve.

Juana dort. Emmanuel contemple son beau visage apaisé. Il s'allonge auprès d'elle, et, fermant les yeux, laisse les images se former contre la paroi de ses paupières. Elles se succèdent en accéléré, comme dans un vieux film. On dirait de visions infernales à la Bosch ou à la Bruegel. La réalité, en somme, toute nue. Lorsqu'avec Soltern il a autrefois consommé du peyotl, il a eu les mêmes visions. Ils sont entrés dans un restaurant où, autour des tables, ils ont vu ces étranges insectes humains tricoter furieusement des mandibules. Ils n'ont pas ri. Ils ont bu des bières et se sont retrouvés sur une Olympe où coule pour eux l'ambroisie. Dehors, les arbres dissimulaient des génies. Parmi eux, il y en avait un qui était l'exacte réplique du personnage coiffé d'un fez, dont le sourire éclate sur sa peau noire, et qui ornait jadis les boîtes de Banania. Après l'avoir identifié, ils appelèrent ce génie Yabon. Chaque fois que celui-ci passait parmi les feuilles, il leur adressait un signe de la main, disant : « Pardonnez-moi, c'est encore moi ! » Les arbres jouaient des cantates de Bach où l'inconvenance de Yabon venait mettre quelque désordre. Yabon était une entité majeure, un élément constitutif du réel. Qui n'a jamais mâché l'acrimonieuse poudre ignorera pour toujours l'essentielle présence au monde de Yabon.

Juana songe. Elle se trouve nulle, non avenue. Elle veut peindre ; elle peint. Mais elle ne se satisfait pas de ce qu'elle fait. Emmanuel a beau l'encourager, elle se forclot de toute joie dans l'exécration de soi-même. Pourtant, elle produit des gouaches, des encres, des huiles d'un extrême raffinement, avec un je ne sais quoi de tremblé, de violent, peut-être l'expression d'une panique. Choses mentales, tourbillons de l'inconscient. Tournoiement, comme d'un ciel de Munch.

Quelle ironie ! La main à plume et à pinceau se dévoie jour après jour en main à charrue. Emmanuel ne se le pardonne qu'à moitié, quand bien même Juana l'exempt de tout forfait.

Juana songe. Dans les intervalles qu'elle se ménage entre l'une et l'autre de ses occupations, elle rencontre Béatrice, amie de plus de vingt ans. Béatrice avait participé aux fêtes qu'Emmanuel et Juana donnaient autrefois rue Montmartre. Elle écrivait toujours des livres mais se retrouvait, comme Emmanuel, sans le sou, de sorte qu'elle accumulait, l'un après l'autre, une kyrielle de petits boulots, payés au noir, qui lui permettaient tout juste de s'en sortir.

Pour conjurer le sort, elle et Juana se donnaient rendez-vous dans le VIe arrondissement, où elles déjeunaient ensemble et passaient l'après-midi à faire du lèche-vitrine ou le tour des galeries d'art. Elles blaguaient toutes les deux, communiaient dans la détestation des m'as-tu-vu qui peuplent le quartier. Béatrice, qui était très belle, traînait après elle une cohorte de soupirants. Elles en rencontraient l'un ou l'autre dans leur promenade, et se faisaient offrir un verre au *Flore* ou au *Deux Magots*. Elles rêvaient aussi devant les boutiques de mode, rageant de ne pouvoir se payer le pantalon, la jupe, le caraco qui leur avaient plu.

Ainsi couraient les heures inutiles, sous le haut patronage, la garde et la bénédiction de l'insoupçonnable Yabon.

XII

Chez Leclerc, à Épinay, la vraie vie absente continuait son train. Le magasin organisait des « semaines » à l'intention des communautés qui peuplaient le voisinage. Il y avait ainsi eu, successivement, une semaine caraïbe et une semaine portugaise. On en projetait une orientale et une autre italienne. Juana ne comprenait pas l'indifférence, le mépris même où étaient tenus le monde arabe ou l'africain. Comme si ces mondes n'existaient pas.

La semaine antillaise avait vu s'accumuler une profusion de légumes et de fruits exotiques, de poissons des mers chaudes raidis dans des congélateurs, de condiments et d'épices de toute sorte ; une débauche de rhums et de sirops. Il s'était dressé des étals où des Antillaises en costume avaient vendu des accras, des boudins, des crabes farcis. Il s'y pressait des familles endimanchées, encombrées d'une marmaille qui s'accrochait aux chariots. De la musique des îles se déversait par des haut-parleurs.

La semaine portugaise avait eu elle aussi son petit succès. La morue, les vins du pays, les saucissons s'y étaient débités sans interruption. Et Juana s'était étonnée de voir passer sur son tapis une kyrielle d'oreilles et de pieds de porc emballés sous vide.

Ces festivités rompaient un peu la monotonie de la caisse, où Juana s'abrutissait dans l'absinthe des heures inutiles. Si, la plupart du temps, elle n'avait rien d'autre à souffrir que la répétition, la réitération gâteuse des gestes et des paroles, il lui arrivait aussi d'endurer des grossièretés de faquins. Tel renversait tout de go, sur le tapis roulant, le disparate de son panier : à toi de te débrouiller, mignonne. Tel discutait les prix, mégotait pour trente centimes de réduction. Tel enfin lui jetait son argent, pièces et billets, comme un os à un chien. Il y en avait de fétides, de maugréants ; il y en avait d'ivres, d'épileptiques et de fous. Il fallait opposer à ces provocations l'impassibilité de l'azur et des pierres : ainsi songeait Juana, tordant ses lèvres en un sourire contraint. Elle songeait au chat du Cheshire de Lewis Carroll, aurait voulu disparaître, comme lui, pour ne plus laisser persister, devant les regards, qu'un ultime sourire flottant.

La seule consolation – si c'en était une – qu'elle envisageât, c'était de causer, pendant la pause ou après le travail, avec ses compagnes d'infamie. Pour la plupart, les caissières étaient jeunes, très jeunes même, et de toute origine : Afrique du Nord et de l'Ouest, Asie du Sud et de l'Est, Europe de l'Est, Amérique du Sud. Autour de Juana, il y avait des Algériennes, des Sénégalaises, des Ivoiriennes, des Sri-Lankaises, des Cambodgiennes, des Vietnamiennes, une Polonaise, une Colombienne. Plusieurs étaient étudiantes et s'épuisaient dans la conjugaison d'activités contradictoires. Le patronat exploitait la fragilité de ces femmes, ne leur proposant que des emplois précaires, fugitifs, dont, si elles voulaient survivre, il leur fallait changer sans cesse. On ne leur offrait jamais d'emploi fixe, qui étaient réservés aux rares Françaises « de bonne souche », qui gravissaient lentement le roide escalier qui les séparait encore de l'absolu : la caisse centrale où elles pouvaient envisager un jour de régner. Juana se faisait des amies parmi les plus désarmées de ses camarades : elles rebâtissaient le monde entre deux cafés tirés au distributeur, ou, dans l'autobus, en rentrant chez soi. Elle se rappelait tous les réfractaires qu'elle avait connus, fréquentés, dans la compagnie de son père ou d'Emmanuel. Elle les saluait de loin, les vivants et les morts, se jurait de ne jamais céder aux sirènes de la bienséance ou du bon ton. Au reste, lorsqu'une bourgeoise ou un bourgeois s'égarait à sa caisse, météorite tombé d'une planète fantôme, Juana devait affronter une autre forme de muflerie : aux yeux de cette espèce imbue d'elle-même et contre toute raison persuadée de son excellence, vous n'existiez pas. Au mieux vous n'étiez qu'un animal-machine mis au service de sa fantaisie.

Emmanuel vivait par procuration les vexations que subissait Juana. Il s'intéressa – doit-on avouer qu'il ne s'y était jamais vraiment intéressé ; il ne fréquentait pas les grandes surfaces – au sort des caissières, se prit à lire des livres traitant du sujet, des articles de presse où il en était question.

Il ne travaillait plus qu'irrégulièrement au *Manteau de skunks*, entretenait à grands coups de bière ou de vin sa cyclothymie. Il voyait souvent Mounir, qui s'était dégotté une place de réceptionniste dans un hôtel de luxe à Saint-Germain-en-Laye, où il travaillait la nuit. Lui et Emmanuel se retrouvaient le soir à *La Table ronde*, à l'heure où se rassemblent les buveurs. Mounir ne prenait le métro qu'assez tard. Ils causaient donc, en avalant des bières au comptoir, parlaient des livres qu'ils lisaient, qu'ils écrivaient. Mounir achevait la suite de son roman, une épopée noire, hasardeuse comme sa vie. Emmanuel avait lu la plus grande partie de cette prose aventureuse, couleur de désert et de désespoir. Il admirait Mounir d'accepter les renoncements au bénéfice de son écriture, de consentir à une activité subalterne dont l'insignifiance lui garantissait sa liberté. Encore que Mounir fût pris au piège de sa détermination, n'écrivît plus que sporadiquement, dans des accès de fièvre qui le laissaient au bout du compte rompu. Mounir entretenait son affliction en buvant des Leffes, Emmanuel ses incertitudes en se tapant des Fischers.

Emmanuel se sentait coupable d'entretenir ainsi sa mélancolie. Vers huit heures, il abandonnait son ami, rentrait préparer le dîner. Juana finissait tard. Il l'attendait en feuilletant des livres ou des journaux, tout en épiant son fricot.

Entre les pages d'un des ouvrages qu'il affectionnait, *Économie de la misère* de Claude Guillon, il avait glissé des articles de presse çà ou là découpés, qui lui semblaient résumer l'horreur de la situation. Il ne les regardait jamais sans songer à Juana, à la claustration qu'elle s'imposait dans le béguinage des Leclerc.

Un de ces articles avait été publié dans *Télérama*, à la rubrique « Signes du temps », et s'intitulait : « La caissière paie la casse ». Il était signé Dominique Louise Pélegrin. Une déformation, sans doute, de Pèlerin, patronyme approprié à une publication catholique. Mais les Leclerc n'étaient-ils pas, eux aussi, de bonnes ouailles, miséricordieuses à défaut d'être justes ? Or, cette miséricorde ne devait guère s'exercer que dans le plus grand secret – le coffre-fort de leur cœur.

Emmanuel soupira, relut l'article comme on trinque à la santé d'un absent.

La journaliste y évoquait la condition détestable des caissières, fragilisées par le travail précaire et le temps partiel. Là où elles n'étaient autrefois que 10 % à les subir, elles formaient aujourd'hui le bataillon des grandes surfaces. Elles en cumulaient tous les désavantages : exiguïté des salaires, robotisation du travail, stéréotypie des règles de politesse, fragmentation du temps, flexibilité. Par une narquoise compensation, le patronat les avait débaptisées, euphémisant le titre de caissière en celui d'hôtesse de caisse. Ça leur faisait une assez jolie jambe.

Si le patronat en était venu à systématiser le recours au temps partiel, c'est qu'une loi était venue diminuer ses cotisations. L'économie ainsi réalisée représentait quelque 20 % du salaire consenti, soit environ mille francs. Cette disposition, votée en 1992, avait été imaginée par un gouvernement de gauche.

Ce que Juana vivait n'était rien d'autre que ce que la majorité des caissières expérimentait avec elle. Un salaire de femme ne pouvait être autre chose qu'un salaire de complément.

Et la plupart des camarades de Juana lui avaient confié que si elles acceptaient – à contrecœur le plus souvent – leurs misérables appointements et le mépris où on les tenait, c'était pour payer les traites de l'appartement ou de la voiture. Il n'y avait pour elles pas d'autre alternative et aucun espoir.

La journaliste, pour finir, s'indignait : « Les sales coups portés à la caissière permettent de rabattre le caquet de toutes les femmes : leurs salaires sont des salaires d'appoint, que cela soit clair. Le mot avait presque disparu du vocabulaire, au moment où il s'est inscrit dans les faits : la moitié des salariés à temps partiel, qui sont presque toujours des femmes, gagnent 4 300 francs brut par mois en moyenne. Vous élevez une famille avec ça ? »

XIII

« Nous voilà plongés au cœur même des Béatitudes ! » s'exclama Emmanuel, songeant que celui qui avait donné son nom à ses établissements avait été jadis, en bon Breton fidèle à la croix, séminariste. Et c'était à l'entendre presque par charité qu'il avait ouvert, à Landerneau, le premier des magasins qui allaient asseoir sa fortune. Elle devait être, cette fortune, la redistribution de mérites intenses, mais ignorés.

Emmanuel déplia une autre des coupures qu'il avait serrées entre les pages du livre de Guillon. Elle résumait fort à propos la distance qui s'établit, comme par nécessité, entre la piétaille et les élus. Elle définissait aussi l'excellence indiscutable de ces derniers. L'article était intitulé : « Volée de gnons pour le client tatillon » et sous-titré : « Des vigiles passent à tabac un acheteur. » Il avait été découpé dans un numéro de *Libération* ; il était signé Olivier Bertrand.

Emmanuel obligea son œil à une lecture masochiste du papier. La scène avait eu lieu dans une succursale de Leclerc, dans la Drôme. Un professeur de lycée technique était venu y protester de la malfaçon d'un appareillage électrique. Le chef de rayon en avait admis la défectuosité, proposé un échange. Mais le client requiert la vérification de toute la série d'où a été soustrait l'objet litigieux. Exorbitante prétention ! On refuse d'y satisfaire. Le professeur exige de voir le patron, lequel l'envoie paître, et, menacé d'une plainte en bonne et due forme, active les gros bras de ses vigiles. Passage à tabac du client, qui tombe dans les pommes. Un médecin constatera des ecchymoses (ô mot exquis) et des traces de strangulation.

Le protestataire devait être un mauvais coucheur. Par deux fois déjà, il avait pris en faute le magasin, pour des histoires de jambon, de canne à pêche. Des bricoles, quoi ! Mais il avait été repéré. D'où le courroux des vigiles.

Questionné sur cette péripétie, le responsable du magasin a fait valoir qu'il n'avait pas de temps à perdre avec ces enfantillages.

Emmanuel admirait la délicatesse des procédés mis en œuvre par la direction pour répondre aux réclamations des clients. Et les raffinements autocratiques du pouvoir, soutenu par des séides stipendiés. Il s'était toujours étonné de la loyauté aux tyrans des forces dites de l'ordre. Comme si d'exercer une once d'autorité, de contribuer à l'arbitraire, donnait le droit de partager la couronne d'or.

En se représentant la scène décrite par le journaliste, il ne pouvait pas ne pas se remémorer un vers de Péret qui lui semblait, dans son ironie, résumer l'état de la société : « Vif et léger comme un flic en train d'assommer un ouvrier. »

Décidément, les choses n'avaient pas changé – avaient empiré même – depuis les jours où Péret proférait ses fulminations. Péret, l'inconvenant. Péret, l'inconvenance même.

Emmanuel aurait voulu agonir toute l'engeance patronale. Il rêvait d'un catalogue d'insultes où il aurait pu, sans réserve, puiser. Son propre répertoire lui apparaissait bien insuffisant. Ordure, salope, fumier, allaient de soi.

Mais il y avait aussi carne, salaud, peau de vache, bandit, canaille, scélérat. Il n'allait pas jusqu'à dire enculé de ta race ou autres joyeusetés des banlieues. Il était d'un autre âge et peut-être même, ainsi qu'un vieil armagnac – un vieillard maniaque ? – hors d'âge, tout simplement, comme il était hors de raison. Il y avait encore une injure qu'il affectionnait, parce que son père la lui avait apprise : petite terrine de gelée de con. Mais il aurait fallu inventer tout un langage, des milliers de mots à cracher à la face des singes. Ou les soumettre, et eux, exclusivement, à l'acte surréaliste le plus simple.

Un peu lassé des journaux et du remâchement de ses ires, Emmanuel se leva du fauteuil de toile où il s'était assis pour lire, et s'en alla déboucher une bouteille de vin, un Rapatel grande signature que lui avait conseillé Soltern, un épais vin du Midi, conforme à l'exigence de Baudelaire, selon lequel un verre de vrai vin doit ressembler à une grappe de raisin noir, et contenir autant à manger qu'à boire. Il se coupa quelques tranches d'un excellent cantal de montagne pour accompagner son breuvage. Le fromage était jaune, luisant et marbré, et Emmanuel s'en délecta tout en buvant sa bouteille.

Un vin qui charrie l'ivresse, songeait-il, et qui nous arrache au guignon. Il se rappelait le poème que Mallarmé avait écrit sous ce titre, et il s'en récitait le premier tercet :

Au-dessus du bétail ahuri des humains
Bondissaient en clartés les sauvages crinières
Des mendieurs d'azur le pied dans nos chemins.

N'était-il pas lui-même un mendieur d'azur, et ne se posait-il pas la question formulée par Mallarmé même : « Où fuir dans la révolte inutile et perverse ? »

XIV

Et que fallait-il exalter, face aux despotismes, sinon l'inconvenance, l'audace de dire : « Brisons là. Je ne vous écoute plus. » Cela s'est appelé désobéissance, insoumission, révolte, protestation.

Emmanuel avait deux filles, de vingt-cinq ans et de vingt ans, qui expérimentaient elles aussi l'hostilité des choses. Julie, l'aînée, qui avait abandonné, depuis la rue Montmartre et les fêtes qui s'y donnaient, sa boîte à cailloux, avait passé pas moins de cinq ans dans une école d'arts graphiques, mais n'avait pas trouvé de travail au terme de ses études. Elle butait contre cette aporie : il n'y avait pas de travail pour qui ne justifiait pas d'au moins deux ans d'expérience ; mais comment produire cette justification s'il n'y avait pas de travail ? Le sophisme était un peu fort, mais l'on n'y échappait pas.

« Si tu ne dis pas la vérité, tu auras la tête tranchée, disait le roi. – J'aurai la tête tranchée, rétorquait son prisonnier. » Il n'y avait pas d'issue.

Julie, donc, avait dû renoncer, provisoirement, à l'exercice de son métier. Elle s'était, comme Juana, résignée à devenir bonne à tout faire et garde d'enfant – dix heures par jour d'une besogne éminemment crétinisante. Puis, bénéficiant de l'assurance-chômage, s'était mise à son compte et avait travaillé pour quelques maisons d'édition. Enfin, au bout de plusieurs mois, avait obtenu un contrat de qualification, qui est la formulation administrative de l'exploitation : 3 500 francs par mois pour se dévouer corps et âme à un patron qui engrange sans vergogne, cigare au bec, les bénéfices. Les autorités politiques appelaient cela, pudiquement, « traitement social du chômage ». Julie avait quand même fini par être engagée, pour un salaire médiocre, et elle bossait, trimait, usinait, boulonnait en espérant une augmentation.

Justine, de son côté, n'était guère mieux lotie. Elle s'était révoltée contre la moisissure des enseignements universitaires, le trantran, le ronron des amphithéâtres, s'était fait engager, par la mairie de Saint-Denis, comme « animatrice vacataire » – oh, le doux langage administratif ! Et elle n'envisageait sa vie future qu'à travers la lunette, grossissante à souhait, du pessimisme.

« Tant que les hommes n'auront pas pris conscience de leur condition, écrivait Breton dans ses *Prolégomènes à un troisième manifeste du surréalisme ou non*, – je ne dis pas seulement de leur condition sociale, mais de leur condition en tant qu'hommes et de l'extrême précarité de celle-ci [...] tant qu'on ne saura rien en faisant mine de tout savoir, la bible d'une main et Lénine de l'autre ; tant que les voyeurs parviendront à se substituer aux voyants, au cours de la nuit noire, et *tant que*... (je ne puis non plus *le* dire, ayant moins que quiconque la prétention de tout savoir ; il y a plusieurs autres *tant que*, énumérables), ce n'est pas la peine de parler, [...] c'est encore moins la peine de mourir [...] c'est encore moins la peine de vivre. »

Telles devaient être les pensées qui roulaient jour après jour dans la tête de Justine.

Si Emmanuel se considérait comme un « mauvais père » – il n'avait pas contribué à l'abrutissement de ses filles par des interventions sans cesse renouvelées, ce qui ne laissait pas d'être assimilé à une « faute » ; un enfant se dresse comme un cheval : au pas, au trot, au galop ; la vie est une course d'obstacles, qui se résume dans la question de Jean de Tinan : « Penses-tu réussir ? » – il avait au moins si constamment manifesté sa propre insubordination qu'elle avait été perpétuée par Julie et Justine qui jamais ne se laissaient ni abattre ni détruire, et qui, comme leur père, réclamaient justice contre ce que Hegel appelait, dans la *Philosophie du droit*, le tourbillon de l'arbitraire.

Dans ce tourbillon, comme dans le maelström des *Histoires extraordinaires* de Poe, il était à craindre que la chevelure de Juana ne blanchît entièrement.

XV

Emmanuel devait, ce jour-là, déjeuner avec Gustave Bornemolle, son plus vieil ami. Il avait coulé beaucoup de ponts sous les eaux depuis l'époque où ils s'exaltaient réciproquement, où Emmanuel publiait ses premiers romans, Gustave ses poèmes minimalistes.

Emmanuel se rappelait l'époque – plus de vingt ans déjà – où Gustave et lui écrivaient leurs premiers livres. Gustave, qui signait Gaëtan Born, était alors un affidé de l'avant-garde, un de ces poètes, néo-mallarméens, qui s'imaginaient pouvoir renouveler l'exploit du *Coup de dés*. Emmanuel se remémorait les anciens textes de son ami, *Flèches de tous bois* et *Le Cheval destroy*, où il y avait plus de blanc que de noir ; où, disait Gustave, la poésie était *entre les lignes*. C'était le temps où Emmanuel s'était fourvoyé dans une prose qu'il n'avait pu achever que plusieurs années plus tard. Il l'avait successivement intitulée *Une obscure clarté*, puis *Obscurcissements*. Il avait fini par retenir ce titre-ci.

Ils étaient jeunes alors et se croyaient immortels. Aujourd'hui la mort rôdait aux barrières du temps. Restait qu'au contraire d'Emmanuel, Gustave affichait une prospérité qui atténuait les affres qu'il aurait dû plus intensément éprouver.

Si, contre vents et marées, orages même, Emmanuel avait tenu, maintenu, les engagements qu'il avait pris autrefois, de refuser toute compromission, tout conformisme, toute aliénation, Gustave n'avait pas eu le cœur, la vertu, de résister aux tentations du succès. Lassé de croupir au fond d'une galerie d'art où il ne faisait guère autre chose qu'acte de présence – d'absence, disait-il ; fatigué de noircir chichement les pages de ses plaquettes, il avait pris le parti de se lancer dans la littérature « à l'estomac » et avait imaginé, selon la mode du temps, une saga normande, inspirée de son enfance à Pont-Audemer, où ses parents avaient eu une ferme, et où son frère le peintre, Louis-Amédée, par atrabile s'était retiré. La ferme avait été vendue, mais Gustave y avait situé son opus. Il lui avait donné la forme d'une trilogie : *Les Vergers de la Risle*, *Une bolée de cidre*, *La*

Charentonne, et il en avait vendu chaque épisode comme des petits pains.

« Après tout, disait-il à Emmanuel, je n'ai fait que suivre l'exemple de Ragon, passé de la défense et illustration de l'art moderne à l'apologie du terroir ; d'Appel, Soulages ou Schneider aux *Mouchoirs rouges de Cholet*. – Tu devrais avoir honte de déblatérer un confrère, lui répondait Emmanuel en riant. – Et si tu voyais les autres titres de Ragon, tu ne me reprocherais pas les miens. Imagine un peu : *L'Accent de ma mère, Un si bel espoir, Les coquelicots sont revenus, Un rossignol chantait* ; j'en passe, et des meilleurs. Nous sommes toute une troupe à exploiter le filon. Racines, racines. Vieilles odeurs et vieilles boues. Violences rentrées. Manœuvres. Jalousies. Amours contrariées. Spoliations. Faillites. Ruines. Haines recuites aux feux des cuisinières à bois. Nature, nature. De préférence un *happy end*. Et par ici la monnaie. »

Et de la maille, il en avait, le Gustave, songeait Emmanuel en formulant intérieurement cette phrase à la Queneau. Et il en avait en effet. Un vaste appartement rue Jean-Mermoz, une Smart pour la ville et une Lancia pour les champs étaient les signes les plus patents de son opulence. Il avait l'éventail de barbe le plus bichonné qui fût, mais de rousse elle était devenue blanche. Et, sous son gilet de soie rouge vif, doublé de jaune, son ventre s'épaississait. Il n'allait plus que dans les meilleurs restaurants, ne buvait plus que les plus rares vins. Il passait à la télévision, ce qui vous pose un homme, *a fortiori* un écrivain ; et Gustave n'y gardait pas sa langue dans sa poche.

Après avoir tari sa veine régionale, il avait donné dans une autre mode : la pornographie. Il avait ainsi publié, successivement, trois romans de cet acabit : *La Vulve dentée*, *La Fraude par terre*, un éloge d'Onan, et, en hommage à Baudelaire, *Le Malabar et la Malabaraise*. Il introduisait, dans sa pornographie, de l'humour noir et de la démence, de sorte qu'elle n'avait pas le caractère affligeant des livres où il n'est plus question que de « viande », ce qui exclut absolument l'hypothèse des corps glorieux. Gustave n'en était pas là, qui ne se complaisait pas dans la seule finitude.

Il avait connu encore le succès. Si bien qu'à présent il jouissait sans pudeur d'une notoriété qui allait croissant, et qu'il entretenait sans scrupule.

Ils avaient bu l'apéritif dans l'appartement de Gustave, meublé chic et cher, puis s'étaient attablés chez *Yvan*, restaurant du bas de la rue, qui avait quelque réputation. Si, pareil au rat de la fable, Gustave, lassé des soins, des soucis d'ici-bas, s'était, loin du tracas, forcé une demeure dans un fromage qui, pour n'être pas de Hollande, se laissait aimablement grignoter, il n'en était pas moins resté attaché à ses vieux amis, qu'il traitait avec magnificence et soutenait dans les moments noirs. Il était même resté fidèle à Aloyse, sa compagne de vingt ans, qu'il couvrait de cadeaux précieux. Aloyse n'avait pas voulu se joindre à eux ce jour-là, préférant la compagnie de l'une ou l'autre de ses amies à elle : « Vous n'êtes pas drôles », avait-elle dit à Gustave en guise d'excuse, et elle n'avait pas tort. Il y avait, dans le ressassement de leurs vieilles conversations, quelque chose d'insupportable, que l'on y fût ou non initié.

« Tu n'imagines pas la schizophrénie où me plonge le quotidien ! » disait Emmanuel à Gustave. Ils buvaient une bouteille de chablis d'un jaune tirant sur le vert, et dont les flancs s'embuaient. Le maître d'hôtel avait pour eux déjà débouché et mis en carafe un pauillac à robe pourprée. Et ils se préparaient épiscopalement à déguster une salade de homard, de mâche et d'avocat. Ils avaient ensuite commandé des rognons de veau grillés aux épinards. Emmanuel reprenait : « Pendant que Juana se défonce à sa caisse, sous l'œil soupçonneux de sa hiérarchie, pendant qu'elle se farcit la mauvaise humeur, ou, au mieux, l'indifférence d'une clientèle assez prompte à l'humilier, nous nous gobergeons, ici, comme des satrapes. En te quittant, j'irai voir Léon Scrupule, qui me proposera, peut-être, de l'argent. Et demain, je suis invité à l'un de ces vernissages que j'abhorre tant, mais où ma présence, pour hasardeuse qu'elle soit, reste nécessaire. On y boira du champagne. On s'y empiffrera de canapés et de petits fours. J'y ferai des grâces, des courbettes. Un peu d'esclandre aussi. Et je rentrerai, par la ligne 13 du métro, soûl et repu, tandis que Juana se sera contentée d'un riz aux légumes et d'un petit-suisse. Le lendemain, rebelote. Nous sommes invités, Soltern et moi, à une cérémonie de remise de divers prix à la Société des Gens de Lettres. Il y aura un cocktail des plus fameux. Ils ne manquent pas de copieusement nous traiter, avec *notre* fric. Je sourirai, ferai semblant d'être heureux, prospère et tout. Soltern alimentera la conversation de ses abominables à-peu-près. On ira boire encore une partie de la nuit. On se tapera des Guinness. L'abîme appelle l'abîme, et l'amertume l'amertume. La canaille triomphe, mon vieux. Et, si tu as su rouler ta pelote sans trop te salir les mains, je ne te dis pas quelles mers, quels océans il faudrait pour venir à bout de tant de taches de sang intellectuel !

— Tu joues les d'Arthez, quand je ne suis moi-même qu'un Lousteau, repartit Gustave. Mais je doute que le combat soit encore possible. Toute révolte est soit immédiatement récupérée, soit accueillie par un silence de mort. D'où mon abdication. Je préfère mes tartuferies à tes diatribes d'autre Alceste. Ce que je n'écris plus aujourd'hui, ce à quoi il semble que j'aie renoncé, je le réserve à mon journal. J'y note tout, y compris mes propres turpitudes. Peut-être ne laisserai-je ici-bas que cette unique trace. J'aspire à l'autodafé de tous mes autres travaux.

— Aloyse a raison. Nous sommes vraiment emmerdants. Il faut dire que nous n'avons pas beaucoup eu de raisons de nous réjouir, ou d'espérer. Nous avons voulu la révolution le jour et la révolution la nuit. Mais nous n'avons réussi à fomenter que de minuscules émeutes. Il en aurait fallu beaucoup plus pour parvenir, ne fût-ce qu'infimement, à transformer le monde et changer la vie. »

XVI

Les établissements Leclerc n'avaient pas jugé bon de proposer à Juana la transformation de son emploi précaire en travail régulier. Le patronat s'exonérait ainsi des charges pesant sur les places stables. Juana avait donc abandonné sa caisse et s'était inscrite à l'A.S.S.E.D.I.C. Elle avait touché, pendant quelques mois, des allocations de chômage, puis s'était affiliée à une agence d'intérim qui lui avait proposé des remplacements dans une autre grande surface, à Villetaneuse. La routine y était la même que chez Leclerc, mais la hiérarchie moins grognonne, de sorte qu'elle s'y sentit un peu moins épiée que chez le concurrent. Elle ne sut jamais au juste pour quelle enseigne elle se martyrisait, le magasin passant d'une semaine à l'autre de main en main : le premier jour Casino, un peu plus tard Carrefour, et, pour finir, Auchan.

« La vie Auchan », affichait la publicité. « La mort Auchan », songeait Juana, et ce n'était pas le champ d'honneur. Elle se fatigua vite d'être sollicitée à chaque instant, pour aller en toute hâte remplacer au pied levé une caissière démissionnaire ou malade, et ne répondit plus au téléphone.

Un jour qu'avec Béatrice elle avait fait les boutiques à Saint-Germain-des-Prés, comme elles passaient devant le Monoprix de la rue de Rennes, elles y avaient remarqué une annonce, placardée sur la vitrine : « Recherchons caissières ». Juana y avait répondu et avait été immédiatement engagée. Si le travail était rigoureusement le même que dans la banlieue, il y avait un monde entre Villetaneuse ou Épinay et Saint-Germain-des-Prés. Le quartier voulait ça. « Tu es ici dans le plus chic Monoprix de tout Paris », lui avait dit une collègue, ce qui avait rappelé à Juana une histoire zen où l'on voit un novice partir à la quête d'un vieux maître, traverser brumes, orages, torrents, précipices, à la recherche de son ermitage, puis, recru de fatigue et chancelant au bord de l'abîme, implorer son guide : « Sommes-nous loin encore de Riou-tan ? » – ce nom désignait à la fois le vieux maître et son repaire ; et le guide, narquois, de répondre : « Mais vous êtes, soyez-en sûr, ici même en plein cœur de Riou-tan. »

Et Juana, elle aussi, se trouvait au cœur d'un Riou-tan qui apparaissait comme l'exact opposé du précédent. L'on ne s'y dissimulait pas, mais au contraire l'on s'y montrait. L'ostentation y prenait le pas sur la réserve. Dans ce quartier, il importait d'être vu, encore plus reconnu. Juana regardait passer à sa caisse, qui affichaient un air faussement indifférent, toute une troupe de comédiens, d'hommes et de femmes de lettres, de magnats de la mode et des médias – tout un peuple de privilégiés pour qui acheter du caviar (on en vendait) était aussi anodin qu'à Épinay une boîte de pâté de foie. Il y avait beaucoup de faux excentriques, de marchands qui jouaient aux artistes, d'oisifs et d'oisives qui simulaient le surmenage. Ce joli monde sans excuse ne se conduisait pas mieux que le petit peuple exaspéré des banlieues. Bien au contraire, la morgue, l'affectation, l'arrogance trouvaient, devant les tapis roulants, prétexte à s'exprimer ; quand ce n'était pas la plus infâme grossièreté.

Un jour, un client, du genre bohème friquée, avait tourné vers Juana son visage veule, insignifiant, et lui avait dit : « Est-ce que vous êtes libre à dîner ce soir ? – Non, monsieur, lui avait-elle aussitôt répliqué. Et lui de conclure – C'est dommage, vous auriez eu du boudin. »

Telles, entées d'épisodes plus ou moins désagréables, s'écoulaient les heures. À Noël, le directeur du magasin avait organisé une fête à l'intention de sa pratique et de son personnel. Il avait convoqué un orchestre, dressé une estrade pour le recevoir, et lui-même avait pris le micro, accomplissant ainsi sa vocation rentrée de star, et débité des rengaines de Mitchell et de Sardou. C'était, disait-il, « convivial ».

Une autre fois, Juana s'était prise de bec avec une cliente impatientée. « Elle ne me voit pas ! Elle ne m'écoute pas ! » protestait la dame, alors que Juana était encore occupée à répondre aux questions d'une autre cliente. L'anicroche n'avait duré que quelques instants.

Derrière la dame, un de ces personnages qui hantent le quartier, cheveux ras et barbe de trois jours savamment entretenue, costume de tweed élégamment avachi, un de ces individus qui se sentent partout chez soi, ont sur toute chose une opinion, voire une théorie, s'était permis d'intervenir. « Elle a raison, cette dame », disait-il à Juana. « Vous auriez dû patati, vous auriez dû patata… » Sur quoi, excédée, n'en pouvant plus d'être soumise à l'imbécillité régnante, Juana lui avait répondu, coupant net son traité de morale à quatre sous : « Vous m'emmerdez. »

Il faudrait la plume de Bossuet pour évoquer le cataclysme que provoqua cette sentence. Le client rougit, bafouilla, puis, hors de lui-même, exigea des excuses. Juana les lui refusa. L'agitation la plus extrême avait succédé à cette altercation. Le client était d'abord allé, furibond, furibard, se plaindre à la cheffe qui gouvernait la caisse centrale. Elle s'était jugée incompétente. On avait alors fait descendre des cintres un *deus ex machina*, une personne mieux qualifiée, qui avait fait remplir au râleur une page d'un cahier de doléances. L'affaire en était restée là. C'était un samedi.

Mais le lundi, à peine Juana avait-elle ouvert sa caisse et s'y était-elle enchaînée qu'elle reçut une convocation de son directeur. Elle monta donc l'escalier qui conduisait au saint des saints. « Madame D'Ombre, vous avez dit à un client : "Je vous emmerde". – Pas du tout. Je lui ai dit "Vous m'emmerdez", ce qui n'est pas vraiment la même chose. – Reste que vous avez commis une faute, et offensé une personne qui exige de vous des excuses. Prenez le téléphone. Exécutez-vous. L'incident sera clos. – Il n'en est pas question. Je vous présente, à vous, toutes les excuses que vous voudrez, mais je refuse de le faire à ce monsieur. – Vous aggravez votre cas, et je me vois donc obligé d'engager contre vous une procédure de licenciement. – Comme vous voudrez, monsieur. »

Cet échange dans le bureau du directeur n'avait pas duré cinq minutes. Dans l'escalier, Juana fut en pleurs. Elle alla reprendre ses affaires et rentra chez elle, où Emmanuel fut désarçonné de la voir. Elle lui raconta l'aventure. Il s'efforça de la rasséréner. Rien n'y fit. « Je ne suis bonne à rien, répétait Juana. Je ne serai jamais bonne à rien. Pourtant je me suis toujours forcée à bien faire. C'est trop injuste. Je suis virée. Sans avertissement ni préavis. On m'a même accusée d'abandon de poste. Ça ne va pas être gai. – Rassure-toi, lui répondait Emmanuel, qui balançait entre l'attendrissement et la fureur, et dont les dispositions chevaleresques avaient été ravivées par l'état de prostration où se trouvait Juana. Je vais lui écrire une lettre, à ton directeur. Tu verras. Ça ne se passera pas comme ça. Et il est hors de question que tu acceptes un préavis. »

On était lundi soir. Juana, qui n'œuvrait à sa caisse que trois jours par semaine, ne devait rejoindre son poste que le vendredi. Emmanuel se donna le temps de réfléchir, et, la nuit, entre deux rêves, imagina la missive qu'il allait adresser au directeur.

XVII

Le lendemain matin, sorti d'un sommeil peuplé de chimères, et où les phrases de son billet doux s'organisaient dans sa tête à la manière des pièces d'un jeu de patience, Emmanuel, pareil à Buffon mettant ses manchettes pour écrire, se vêtit, puis s'empara de sa plus belle plume et rédigea, d'un trait, sans rature, cette missive lascive :

Monsieur,
À la suite d'une altercation ayant opposé, samedi, l'un de vos clients, particulièrement désagréable et inutilement agressif, à mon épouse, caissière dans votre établissement, vous avez convoqué celle-ci, lundi, dans votre bureau, ne lui laissant le choix qu'entre des excuses présentées par téléphone audit client, et

un licenciement sans autre forme de procès.

L'entretien, semble-t-il, n'a duré que quelques instants, laissant mon épouse bouleversée, et évidemment incapable de reprendre son travail dans l'état où elle se trouvait.

Son honneur, sa dignité – si ces mots gardent le moindre sens – ne lui permettaient pas de s'humilier devant un personnage dont les manières confinent à la goujaterie. Ces excuses, comme elle vous l'a clairement représenté, elle était prête à vous les formuler à vous-même, son directeur, mais il était hors de question qu'elle allât au-delà.

Au cours du bref entretien – devrais-je dire la convocation ? – où vous lui avez signifié l'impossible choix, vous ne lui avez laissé aucune chance et ne lui avez donné aucune information. Au contraire, lorsqu'elle est venue, après avoir fermé sa caisse, vous dire qu'elle n'était pas en état de la tenir plus longtemps, vous avez aggravé votre verdict en lui faisant valoir qu'il s'agissait là d'un « abandon de poste ».

Permettez-moi, Monsieur, de vous protester que le « châtiment » me semble extraordinairement disproportionné à la « faute ».

La caissière est soumise, durant tout le temps de sa responsabilité, à une double pression : celle de ses « chefs » et celle d'une clientèle dont les exigences et le comportement dépassent bien trop souvent la « mesure ». Taillable et corvéable à merci, la caissière se voit dénier tout droit à l'humanité, à la sensibilité : elle est un non-être, et n'a d'autre alternative que de se taire, ou de se faire sacquer.

Il n'est pas étonnant qu'une proposition de loi vienne récemment de définir la notion de « harcèlement moral ».

Vous conviendrez que les femmes, et particulièrement celles qui besognent au bas de l'échelle, méritent mieux que la flétrissure ou la sanction. Un minimum d'éducation, de courtoisie, devrait être aussi exigible de vos clients. Certes, dans votre morale, « le client est roi », mais il ne faudrait pas que sa royauté s'exerce au détriment des humbles.

Je vous indique, Monsieur, qu'étant donné les circonstances, mon épouse ne reprendra pas son travail vendredi prochain.

Veuillez agréer, Monsieur, etc.

EMMANUEL D'OMBRE

Ainsi s'acheva la carrière météorique de Juana. Rentrée chez elle, et tout absorbée qu'elle fût dans l'exercice périlleux de la peinture, elle entretenait pourtant quelques regrets. Que deviennent mes camarades ? se demandait-elle, compatissant à leur sort. Comment acceptaient-elles de souffrir, à longueur de jour, de semaine, d'année, les ignobles conditions où elles peinaient sans cesse ? Qui les consolerait jamais de leur misère ?

Qui, s'interrogeait de son côté Emmanuel, attablé devant une bière aux *Quatre rues*, et surprenant des paroles amères qui s'échangeaient au comptoir, qui apaisera jamais le malheur des déshérités ? La miséricorde n'y suffit pas : il y faudrait au moins la justice. Et il buvait sa bière, amère comme les paroles qu'il venait d'entendre, amère comme la vie, en observant les corps, les visages martelés des pauvres hères ou diables qui se penchaient au comptoir.

Et il se remémorait une phrase de Breton, Breton l'imparable, tout impuissant qu'il eût été lui aussi à intervenir autrement que par le verbe pour obtenir qu'au moins l'utopie fût sérieusement envisagée : « Il faut que l'homme passe, avec armes et bagages, du côté de l'homme. » À quoi Breton ajoutait : « Assez de faiblesses, assez d'enfantillages, assez d'idées d'indignité, assez de torpeur, assez de badauderie, assez de fleurs sur les tombes, assez d'instruction civique entre deux classes de gymnastique, assez de tolérance, assez de couleuvres ! »

Et, comme Breton, Emmanuel s'enorgueillissait de n'être pas *dans la ligne*. Ou d'en avoir adopté une assez sinueuse pour décourager toute filature.

XVIII

« Je préférerai toujours Saint-Denis à Saint-Germain-des-Prés », disait Soltern à Emmanuel. Ils étaient assis de part et d'autre d'une table de bois, dans un restaurant du Palais-Royal, où Soltern avait invité son ami. Le restaurant était l'un des plus vieux du quartier, et, malgré plusieurs changements de propriétaire, il avait gardé son décor ancien. L'établissement se composait de deux salles, qu'un bar séparait, et ses murs, ornés d'appliques de cuivre où se vrillaient des ampoules imitant des flammes, alternaient les ocres, le rouge et le rose. En haut de ces murs, cloisonnés par des moulures en bois, l'on découvrait des vues peintes de châteaux moyenâgeux. Des luminaires en boule pendaient du plafond jaune pâle. Les tables de bois se prolongeaient de courtes rallonges ouvrées d'alvéoles destinés à recevoir le poivre, le sel, l'huile, le vinaigre. Le poivre est en grains, servi dans un moulin transparent, le sel, du gros sel gris, dans un petit pot de grès, le vinaigre et l'huile dans des flacons. Au fond de la première salle, où Emmanuel et Soltern sont attablés, deux vastes vitraux déploient leurs motifs de nuages et de fleurs encadrés de frises géométriques à la grecque. Une plante verte, assez haute, s'étiole contre un des vitraux. Entre les premières tables du restaurant se pavane une desserte en fer forgé à plateau de marbre, où se rengorgent des alcools. Emmanuel en déchiffrait, de loin, les étiquettes : Courvoisier, Calvados Pays d'Auge, Calvados Château du Breuil, Calvados encore, mais les lettres ici se perdaient dans la rotondité de la bouteille, Vieux... je ne sais quoi, conclut-il, en détournant son regard de la desserte, pour le reporter sur Soltern.

Ils avaient commandé des huîtres, et les mâchaient avec un verre de vin blanc. Emmanuel beurrait des tartines de pain noir ; Soltern était au régime. Les huîtres allaient être suivies, pour Emmanuel d'un cassoulet, Soltern, d'un carré d'agneau. Ils avaient choisi, pour accompagner leurs viandes, un médoc – « un médoc épais comme une semelle compensée », disait Soltern, un château Tour Haut Caussan de 1977.

« Je préférerai toujours Saint-Denis à Saint-Germain-des-Prés », répétait Soltern, avec une solennité de chanoine. « Et Saint-Ouen à Saint-Philippe-du-Roule, et Montreuil à Saint-Cloud. Je préférerai toujours les faubourgs au cœur embourgeoisé des villes, la zone aux palais. Non que je ne sois sensible à l'architecture des vieilles capitales, Paris en particulier. Mais je ne supporte pas l'engeance qui s'approprie les beaux quartiers. Au reste, si je devais retourner vivre dans Paris, je m'y installerais à l'est, là où il reste encore quelques reliquats de la vraie vie. Le XIe, le XXe auraient ma faveur. La vraie vie se situerait pour moi, paradoxalement, autour du Père-Lachaise, où est le mur des Fédérés. J'y évoquerais l'âme de Courbet, le "tombeur" de la colonne Vendôme. – Attaque plutôt l'excellence de cet agneau », l'interrompit Emmanuel en désignant à son attention le plat que l'on venait de lui servir. Lui-même souleva le couvercle du caquelon que l'on avait posé sur la table. Ils mangèrent, ils burent en silence. Puis Emmanuel reprit : « Je te le concède, il vaut mieux vivre en banlieue que dans les beaux quartiers de la capitale. Mais il y a aussi, à Saint-Denis tout au moins, quelques insuffisances. Pas une épicerie, pas un fromager, pas une boucherie dignes de ces noms. On écoule dans cette ville les invendus de Rungis. Le marché pue. Il n'y a là que trois ou quatre étalages possibles. Le reste est indigne et spécule sur la misère des gens. Une seule vraie librairie, de haute tenue sans doute, mais trop petite. On en est réduit à s'approvisionner à Carrefour ou à Franprix. Le reste ne vaut pas la peine qu'on s'y attarde. Ce sont les mêmes enseignes que partout ailleurs : Éram, Étam, Célio, Pompaldi, Chevignon, que sais-je encore ? Tout cela entrecoupé de bazars, d'indigentes bagageries, de banques et de salons de coiffure. À sept heures du soir, extinction des feux. Les rues se vident. Il n'y a plus au bas des immeubles que des rideaux de fer. À part un ou deux havres, tels que *La Table ronde*, ou, en face de chez toi, *Les Orangines*, la ville n'offre, à nos appétits, que des boulettes turques, des chinoiseries ou des hamburgers. Pas un tabac ouvert à l'horizon. Pas un café, ou alors, des plus mal famés. On se cloître chez soi. On aura pris la précaution de se faire livrer du vin. Et l'on boit seul, en suisse, comme un con ! »

Emmanuel s'interrompit devant un dodelinement de la tête de Soltern. « Assez de catastrophisme, dit celui-ci. Jouissons plutôt de cet instant précieux. »

Il appela le garçon, qui était un jeune homme en gilet rouge, presque un tableau de Manet, et lui demanda la carte. Emmanuel choisit une assiette aux trois chocolats, et Soltern, plus raisonnablement, une tomme de chèvre. Ils renouvelèrent la bouteille de médoc. Le reste du repas fut consacré à une conversation plus erratique. Ils se donnèrent des nouvelles de leurs amis, parlèrent de leurs livres et de leurs projets. Ils avaient tous les deux rendez-vous, dans l'après-midi, avec leur éditeur : pour Emmanuel, Irénée Sfolz, aux Éditions du Crâne, qui avaient depuis longtemps déménagé, du côté de Jourdain ; pour Soltern, Alexandre Cramer, aux Éditions la Fanfarlo, qui tenaient boutique, dans une cour, rue de Varenne.

Après qu'ils eurent bu un café, et que Soltern se fut approprié la douloureuse, ils débouchèrent sur la place André-Malraux, ancienne place du Palais-Royal. Il y avait en face du *Dauphin* – c'était le nom de leur cantine du jour – un café, l'un de ces cafés quelconques où triomphe le formica, qui sont – aussi – la marque de Paris. « On va boire un dernier verre ? » avait proposé Soltern. Et ils s'étaient accoudés au bar, à peu près désert à cette heure. « Messieurs ? » avait interrogé le garçon, en levant un sourcil. « Veuillez me servir, avait dit Soltern, repris par son démon langagier, un cratère de zythum. – Un quoi ? – Juste un demi pression, avait corrigé l'incorrigible. » Il était peu probable qu'en dehors d'une très rudimentaire connaissance de la volcanologie, le garçon connût l'acception grecque du mot « cratère ». Encore moins qu'il sût que le zythum était la bière d'orge des Égyptiens. Emmanuel, pour ne pas être en reste, lui commanda « un hanap de cervoise ». « Autrement dit, la même chose », ajouta-t-il un peu marri d'être à la remorque de son camarade.

Ils se séparèrent devant la bouche du métro. Emmanuel allait s'y enfouir, tandis que Soltern irait prendre l'autobus. Dans le métro, entre Belleville et Jourdain, parut un vieil homme dépenaillé, qui récitait des poèmes pour ensuite faire la quête. « Sous le pont Mirabô-ô-ô cou-oule la Sei-eine », éructait-il. Emmanuel lui donna dix francs.

Irénée Sfolz était de bonne humeur. Il avait vendu quelques milliers d'exemplaires d'un livre auquel personne n'avait cru. Il questionna Emmanuel. Où en était-il avec *Le Manteau de skunks* ? Quand allait-on pouvoir le publier ? Puis ils partirent ensemble, abandonnant le rare personnel de la maison d'édition, boire des bières au café du coin. Ils se quittèrent enfin, se promettant monts et merveilles, et chacun retourna chez soi.

Dans le métro, ligne 13, la ligne de la mort, disait Soltern, l'identifiant à la treizième lame du Tarot, Emmanuel assista au spectacle le plus désolant et le plus fortuit qu'il lui eût jamais été donné de contempler. Dieu sait, ou ne sait pas, qu'à chacune de ses sorties, Emmanuel rencontrait un grand nombre de S.D.F., de clochards, de mendiants – de quelque nom qu'on les nomme. Cette fois-ci, c'était le bouquet. L'individu maigre, et qui portait des habits flottants qui avaient peut-être un jour été à sa taille, n'avait rien imaginé de mieux que de faire la manche *à genoux*. Il passait entre les banquettes, où son visage se trouvait à l'exacte hauteur du vôtre, et, tendant une manière de soucoupe, gémissait : « S'il vous plaît… S'il vous plaît… »

Emmanuel eut une furieuse envie de lui crier : « Debout donc ! » Lève-toi et marche, en somme. Il n'osa pas jouer au messie, se contenta de distribuer au quémandeur le reste de sa monnaie. La fin du voyage fut douloureuse. Emmanuel n'avait pas supporté l'abjection de cette mortification publique. À Saint-Denis même, les mendiants et les mendiantes attitrés occupaient leur place inamovible. L'on s'y habituait, ou, plus justement, l'on y devenait presque totalement indifférent. Emmanuel repéra l'épileptique et la manchote, le béquilleux et le fou. Il était fatigué, harassé même. Il but une ultime bière aux *Quatre rues*, fit ses courses et, chargé de sacs et de ramée, rentra chez lui.

Juana dormait. Emmanuel se changea, puis s'assit à sa table de travail. Ce n'était pas encore ce soir-là qu'il allait vaincre le vide papier, en forcer la blancheur. Il appuya sa tête contre les paumes de ses mains. Des larmes lui coulaient des yeux, comme d'une fontaine de bitter.

Saint-Denis, 2000-2001